在一段爱情中，

我爱的是你，你爱的是我，

我们根本就没有爱上同一个人。

日子总是看起来平淡无奇的果子，

可幸福就是把这些果子榨成汁。

我们每个人，都是举世无双的单品。

走在路上，

只不过想牵着你的手，陪在你身边，

和你一起慢慢地行。

婚姻内部，

每个人都处于一种非正常的失重状态，

我们飘来飘去，不能控制自己。

我们相爱，是爱上彼此的不同，而不是彼此同化消融。

一个普通人的婚姻大抵就是这样的：

永远在后悔，绝对不放弃，斗争到底，纠缠不息，

最最重要的那个根本是，你永远在这里。

和谁走过
万水千山

卢璐

——

著

湖南文艺出版社
HUNAN LITERATURE AND ART PUBLISHING HOUSE　博集天卷
CS-BOOKY

自序

　　我的中学离我家很远，20 世纪 90 年代的公共汽车内，是几乎能把人的肋骨挤断的程度。我每天有三到四个小时，是被卡在公共汽车的人群中不能动弹的，等着车晃晃荡荡地把我载到学校或者家。

　　这期间我唯一能干的事，就是做有着粉色少女泡泡的白日梦。

　　我想象着美丽的裙子，可口的巧克力，白色的球鞋，精巧的文具……当然想得最多的，是那个高年级的男生……那不是爱情，那时的我，还不太敢憧憬爱情，可是想象的一切都是爱情的味道，甜甜的微醺的感觉。

　　有一天，我在快被挤得灵魂出窍的时候，突然想到，蜜月的时候，如果可以去巴黎，那会是多么浪漫的事啊！要是能再顺便看一下罗马，那将多么幸福啊，真的就算不枉此生了。

　　事实上，去巴黎和罗马旅行，要比找到能和自己去旅行的人更容易。我 23 岁，去了巴黎，24 岁，去了罗马，25 岁，去了阿姆斯特丹和布鲁塞尔，26 岁，去了马德里……

　　虽然我在旅行中遇到过很多不同的人，有些人带来欢乐和愉悦，有些人带来困扰和恼怒，但是每个人都是沿着自己的路途前行，我知道在有过一段相处的时光之后，我们终将分别。我只是不知道在什么时候分离，在哪儿分离。

我用了 7 年时间，去了欧洲很多个国家和城市，有些地方，我甚至去了几次。我可以老气横秋地跟新遇到的同伴说："上次来的时候，街角那家店的店门遮阳篷是绿色的，不是明黄色的……"可是从来没有人能够验证我的回忆，因为在之前那段时空里，我们并没有在一起，所以我们没有共同的回忆。

每个人在一生中，都不止一次问过自己：人生中，到底什么才是最重要的东西？是感情，是经历，是金钱，还是无人能比的丰功伟绩？

这些其实都是重要的，但是这些存在的载体，是我们的回忆。所以对一个人而言，最重要的其实是自己的回忆。而验证自己回忆的是身边的那个人，他和我们拥有共同的回忆。再辉煌，再惊悚，再浪漫或是再美丽的回忆，如果不能找到别人来验证，时间太久了，连我们自己都会有所怀疑。

起初的时候，我们感觉自己很小，世界很大，当我们走过很多地方之后，就会发现原来世界其实很小，而我们的内心很大。

我们总在说，世界变了，其实世界还是那个世界，改变的其实是我们自己。

在人生中，走是一种常态，但是跟谁走，才是一种可以改变和掌握的动态。谢天谢地，我在自己漂流了那么多年之后，终于遇到了一个人，我们并肩前行去看世界。

当然，这途中并不都是欣喜，也有争执、不理解、愤怒、疲惫……这就是人生吧，交织在一起，无法分离。

把我经历的一切记下来，把我想到的一切记下来，这就是我写这本书的初衷吧！呈现给大家，也许你能从中看到自己。

爱上一个人，携手过一生

Chapter

1

第一章

Chapter

2

第二章

婚姻，哪来天作之合，
都不过是慢慢磨合

和你在一起，我忘记了分离

Chapter

3

第三章

Chapter

4

第四章

自己才是举世无双的单品

谁的婚姻能够皆大欢喜？

婚姻，让我们成为我们

遭遇一场势均力敌的爱情，

步入一段相濡以沫的婚姻。

在一起就是在一起，无所谓"宠"，也无所谓"哄"。

爱上一个人，
携手过一生

没有
一个男人
能宠你
一辈子

下午收到卢中瀚的微信："老板来了，晚上我得陪吃。"

晚上本来已经预订了餐厅的。纪念日已经过了很久了，一拖再拖，拖到现在，又一次临时取消。我应该生气，撒娇耍赖发脾气，让他心生愧疚，让他无可奈何，让他低三下四地哄我，让我享受做公主的感觉，然后再放他一马，让他心生感激。

可事实上，我的第一反应，居然是窃喜。

不用给他做饭，不用等他吃饭，不用化妆、找衣服、穿高跟鞋，不用低三下四地求阿姨来加班，可以把文章整理好，用公众号发出去……

这种感觉好得就像是，走在路上的时候，突然从天上砸下来一笔钱。

卢中瀚接着发："对不起，下周一定陪你，我保证。"

我快快地回："真的没关系，你慢慢吃。别急着回来。"

晚上十点半，他一脸疲惫地回到家，说了太多言不由衷的话，演得太累。他看了看盘腿坐在灯光下、奋力敲击电脑键盘的我，走进了卧室。

在走进去之前，他说了一句话："后天要出差，你给我取点钱。"

我是我家的管家婆。平常卢中瀚身上没有超过五百块的现金。管钱不是件美差，其实我本来是想当带着人肉提款机的甩手掌柜，用钱时只要张张口。

结果我沦落成了他的提款机。两个人出去吃个烛光晚餐，逛街给我买个珠宝礼物，最后要我掏出卡来，签字付钱。

我们没有吵架，没有怄气，更没有在冷战。我们也不仅仅是简单凑在一起过日子的男女。至少曾经不是。

曾经，卢中瀚请年假来法国南部看我。早上在我洗澡化妆准备上班的时候，煮牛奶咖啡，煎可丽饼，配上南部熟透了的甜软的黄桃。怕我吃到衣服上，切成一口能吞下的小块，在盘子里面摆成心的形状。

曾经，我在一张广告页上爱上了一顶带着绣花丝带的蚊帐。那个时候法国没有 ZARA HOME 的分店。卢中瀚趁去西班牙出差的机会，满街跑着，买回来给我惊喜。尺寸太大不规则，不能放进行李箱里，也拿不上飞机。他用他结结巴巴的西班牙文不知道说了多久，终于感动了机场人员，硬是拎上了飞机。

　　曾经，两个人拼命吵架，我拿着我半人高的毛毛熊打他，打到熊的缝线开了，里面的棉花飘了一地。我趴在地板上哭，他走过来拿着针线给我把熊缝好，把我抱在怀里说："别用大熊打我，大熊会疼。"

　　曾经，我们依偎着坐在地中海白色的沙滩上，看着满天繁星，他把我的耳朵贴在他心口的位置，神色郑重地说："如果有一天，你觉得我对你不够好，你一定一定要提醒我，而不是选择远离。"说这话的时候，他的心跳一下一下，怦怦有力。

　　太多太多曾经，信手拈来，现在满满都是感慨。

　　"我要宠你一辈子。"

　　情到浓时的那句誓言，好像还回响在耳边，枕边人已经模糊了容颜。爱情之后，走进婚姻，在婚姻中努力奔命的我们，开口谈"宠"，是件多么奢侈的事情。

　　我知道他是真心想宠我的，但实在是没有了力气。

　　其实我也真心想撒撒娇让他宠的，可是我也没有了力气。

　　我用了半辈子终于明白，其实这世界上的绝大多数事情，不是不想做，不是做不好，也不是不会做，而是没有足够的时间和精力做。

凌晨的时候，我终于合上电脑，摸黑进入卧室。我在自己习惯的位置上，按照自己习惯的姿势躺下。我把我的脚放在刚刚可以碰到他腿的地方，脚心感受得到他皮肤的温度。

这一点点的热度，就足够让我一夜无忧地睡去。梦里花落知多少，就算在梦里，我也知道，他在这里。

家之所以是这个世界上最舒服的地方，不是因为家里有法国的床品、意大利的卫浴、美国的厨具，而是因为在这里，我们不需要叠加一层层的面具，我们不需要拼命地努力。

我们披头散发，素面朝天，呱唧呱唧地一起吃饭。就算是吃饭的时候，旁边的那个人，放了个响屁，我也只是皱皱眉头说"你真讨厌"而已。

年轻的时候包括我，每个女生都宣告："我要找一个很爱很爱我的人，把我捧在掌心里，呵护一生。"

谁都可以竭尽全力地爱一个人，只要在一个有限的时间里面。

谁又可以竭尽全力地爱一个人，一辈子保持同一个局面？

当我们开始计较谁爱谁更多、谁该爱谁更多的时候，其实就已经深陷进去，无法摆脱。

"爱"不是可以捏在手里玩鉴的钻石。4C品质，精确的价格，只要戴上眼镜，就一定可以数清楚，数字后面究竟有多少个零。

爱不爱，有多少爱，根本就是一个模棱两可的界限。

这是一个渣男泛滥、剩女横飞的时代，在爱情中伤心，在婚姻中窒息，我不知道有多少人生活在痛苦里面。

其实我们都被童话骗了，因为婚姻并不是爱情的出路，更不是爱情的归属。

结婚是一个选择，选择一种方式生活，所以下场游戏之前，首先要搞明白规则。

婚姻是霸气老大，写的都是霸王条款，譬如：

心，不一定能买到心，但是不用心，一定买不到心。

爱情，不一定能买到幸福，但是没有爱情，一定会不幸福。

责任，不一定能保证婚姻，但是没有责任，一定不能保证婚姻。

我估计婚姻应该是藏在一个错综复杂的迷宫里面的宝盒。

因为没有人知道应该走哪条路。碰得鼻青脸肿之后，我们能确认的是，一定不要走那条路。

既然我们如此难以把握幸福，为什么要前赴后继地走进婚姻？可是作为社会群体性动物的人类来说，谁能忍受孤独？

婚姻就是算得准准的，才能把握得稳稳的。孙悟空遇到如来佛，我们只能服输。

对我而言，人生是一条漫漫长路，既然必须要走，就要想办法走得开心一点。

与其和一个自己讨厌或者无关紧要的人一起走，不如和一个自己爱的人走。

到底要怎么走?

是快马加鞭,还是走马观花?是牵手缓行,还是凌波微步?是一步一摇,还是三步一跳?

风景总是那个风景,只不过落到每个人眼中,都有不同。

风景永远是那个风景,既然我们选了同伴,我们只有选适合两个人的那一种。

而不能忘记的是,就算我们相伴 50 年,我们也不过是结伴同行。每个人都有自己的人生,每个人都有自己的路途。两个成年人选择在一起生活,没有谁更有义务为对方负责,没有谁更有责任为对方努力。

在一起就是在一起,无所谓"宠",也无所谓"哄"。

我又不是小狗、小猫,更不是被圈养在家里的珍奇南美大蜥蜴,为什么要宠?

如果一定要选择做一种动物,我们肯定就是两只非洲来的黑毛硬刺的土著豪猪。

太近会被对方的刺刺痛,太远感受不到对方的体温。经过反反复复地实践,我们终于找到一个适合的距离,在不被刺痛的情况下,相互取暖,彼此依偎。

这就是两只土著"豪猪"的婚姻幸福守则,不是金光闪闪的"土豪"猪。

末了的末了，姑娘，我给你说一个秘密：

没有一个男人能宠你一辈子。

很多很多很多时候，那个挚爱你的男人，不是他不想宠你，只是已经身不由己。

爱情是
烟火，
婚姻是
传奇

我有一个朋友，北京人，三十好几了，今年从北京漂到上海来了。跟几个大学刚毕业的小丫头片子一起合租；不习惯南方潮湿的气候，起了一脸痘痘；操着一口纯正的京片子，在一片叽叽喳喳的上海话里面，双方互不待见。

做了几个月，公司挺满意，要派她回北京，北京办公室离她家仅仅只有几站地铁。Boss（老板）给她说的时候，以为她要感动地跪下来谢主隆恩。她的确差点当场就跪下来了，不是感动，而是在求饶："千万别让我回北京！"

让她害怕的不是日思夜想的北京，是她母上（母亲）大人无孔不入的逼婚！

她现在患了母系过敏性眩晕症，每次看到母上大人来电话，她立马就会觉得天旋地转，眼冒金星。因为电话总是一成不变：

"你在上海，怎么样啊？"

"挺好的。"

"你找到男朋友了吗？你去找了吗？你都 34 岁了，你准备什么时候结婚啊？你知道 34 岁是什么概念吗？我 34 岁的时候，你都上小学了。你是想气死我和你爸吗？我们就你一个孩子，你怎么这么不让我省心啊？你姑家的大福都生二胎了，哎，你怎么不说话啊？你倒是给我说啊？你到底怎么了，你……你……你……"

根据以往经验，她知道，这时候她说什么都是错的。她唯一能做的，就是一边听，内心一边抓狂地流血。

当年钱锺书先生写《围城》，是城里面的人想出来，城外面的人想进去。然而今天如果还是把婚姻比作一座城，那是城里的人想出来，城外的人不想进去。

作为一个感情写手，有太多的人给我倾诉过他们的婚姻。这个世界上，幸福的婚姻只有一种，而不幸的婚姻却各有各的不幸。就算是那些走进婚姻的人，每个人都有自己强大无比、极度正确的理由来证明，自己主动或者被动地做出了一个错误的决定，婚姻是病入膏肓，万分不幸。

我做过一些关于婚姻的讲座，开始的时候，我都会问一个问题：请问如果没有任何压力，你是不是还会在这个时间，嫁给这个人？

这个问题有毒，不必张嘴，因为怕答案会蚀了心。

今天，在公众号里写文看文的人，基本都是女性，所以公众号的文章里面，充斥着女人的困惑、委屈、无奈和抱怨。然而，UC 浏览器曾经做了一期七夕专题，把我当成婚恋专家推到首页上，我一下子收到许许多多男人发来的问题。原来面对婚姻，男人们同样困惑、委屈、无奈和抱怨，只不过身为男人，要是再婆婆妈妈地哭诉，那是罪上加罪，令人厌恶！所以男人们最好闭嘴隐忍。

婚姻到底怎么了？是婚姻制度已经不再适合人类，还是人类已经厌倦了婚姻？

在今天，当财产不再是问题，性需求不再是问题，子女血脉也不再是问题，那么，我们到底为什么还要飞蛾扑火地走进婚姻？

我的外公和外婆都是早年参加革命的老军人。

我在上大学的时候，有个暑假的晚上，忘记大人们都在干什么。我陪着外公在院里乘凉，外公一直给我讲他们当年行军打仗的故事，从打日本鬼子，一直讲到抗美援朝。那时候外公已经很老了，与其说他在给我讲，不如说他在喃喃自语。

就在我听得快要睡着的时候，外公突然讲起了他与外婆的相遇。

他们是在军区的劳模大会上相遇的，外公去颁奖，外婆去领奖。讲到这一节的时候，外公低沉干涩的声音，突然丰润了起来，借着屋子里面透出来的光，我看得到外公脸上，每条皱纹都绽开了笑意。他深陷进回忆里，他说："我见着你姥姥的时候，她的头发真好，又黑又厚，她的头发真好，像缎子一样，又滑又亮。"

家里墙上，他们年轻时候的合影一直挂在外公 1955 年授了衔后的标准照旁边。作为小辈，我心中一直觉得外婆有些高攀外公的意思。

1.78 米的外公，剑眉星目，仪表堂堂，风趣乐天，还是后勤医疗系统的领导，而外婆勉强 1.6 米，皮肤黑黄，不苟言笑，还执拗保守，仅仅是医院药房的司药。

他们是这样不同，这样不合拍。在少女时代，我甚至以为他们在一起，只不过是听从组织安排，我从来不知道，他们是自由恋爱，用一种我们小辈看不到的深情，慢慢温暖，长长久久。

我有个朋友给我讲过她爷爷奶奶的故事。

她的爷爷比奶奶大 15 岁，爷爷和奶奶结婚的时候，已经 30 多岁了，在那个年代真的算是大龄异类。因为爷爷长得显年轻，所以介绍人帮他隐瞒了年龄，相亲成功。

奶奶在结婚的时候，才发现爷爷原来比自己大这么多，就闹了起来。这成了爷爷一辈子的把柄。奶奶只要心里不开心，就会把这个事情拎出来数落爷爷，爷爷有时候忍着，有时忍不住，两个人就大吵一顿。

爷爷是个温和可亲的人，小辈都喜欢他。他们这些孩子都为爷爷感到不值。奶奶心里再不愿意，可是结婚几十年了，孙子孙女都有几个了，天天旧话重提还有什么意义？

他们的争吵在奶奶中风之后彻底停止了。比奶奶大 15 岁的爷爷，一直在照顾奶奶，给她喂饭，给她擦嘴，推着她出去遛弯，当她的翻译机，因为全家只有爷爷能听懂奶奶的意思。

可奶奶还是走在了爷爷的前面。

下午的时候，奶奶突然醒了，这一次话说得清晰，让守在病床旁的人都听得懂。奶奶抓着爷爷的手说："这辈子我都挤对你，那是因为我害怕你走在我前面，我不能没有你。早知道我能走在你前面，我一定不会挤对你。"

爷爷说："我知道你挤对我，是你稀罕我。我不是给你说过，我虽然老，但是我有劲，我能照顾你一辈子。"

奶奶绷着的脸放松下来，她又睡了过去，再醒过来的时候，已经开始神志迷离，几天后便离开了人世。

婚姻和爱情最大的不同在于，爱情是一种需要，而婚姻是一种契约。

需要一旦被满足，在下次需要之前，我们就不再需要了。至于什么时候需要，要还是不要，随心而定，没有什么条件和规律。可契约是一个合同，一旦生效，想要解除，要谈判，要沟通，要付出代价，不能随心所欲，想不要就不要！

人是一种精神孤独的群体式动物。虽说，人可以在孤独中丰富，但是那个倡导孤独思考的老祖宗梭罗，在瓦尔登湖旁边独居也不过两年多。对所有的人来说，这辈子最大的惩罚是孤独，琴瑟和鸣才是最大的幸福。

我们需要朋友，我们需要家人，我们需要爱情，我们需要有人可以自上而下地了解和体谅自己的心愿，无论是赞同还是反驳，我们需要知道，我不是孤独一个人，有人和我在一起，朝朝夕夕，分享自己的喜怒哀乐，见证人生的冷暖起落。

朋友再合拍，也有自己的人生，父母再亲密，也只能落得一场差了几十年的目送，爱情是一种破冰的燃烧，不是为了烧到天荒地老，余灰不尽，而是为了烧化我们的外壳，让我们携手同行。

我们每个人，都是举世无双的单品，我们的另一半原来根本是找不到的，而是慢慢打磨成的，变成彼此的唯一。

也许有一天，现行的婚姻制度会消亡，但是没有人会放弃寻找能稳固一辈子的亲密关系，我们可以不把这种关系称为婚姻，这不是重要的问题。重要的是，就算没有社会、家庭、母上大人、挚爱闺密的压力，我们依旧还是会想要在一起。因为就算躲得了别人，没有人能躲开自己心中，那无法被稀释的孤寂。

有人就会有爱情，有人就会有亲密，婚姻是比爱情更深入的亲密，关系有多亲密，关系就有多窒息，婚姻如神灵，你心中有多敬畏，它就会有多尊重你。如果你打心眼里蔑视它，它也一定会轻视你。

婚姻就是这样的一个东西，执子之手，与子偕老，相濡以沫，相忘于江湖，最重要的是，走下去，一直走下去，走下去一定就是一个传奇。

小女生想奉献，大女人定界限

我收到过很多次小姑娘读者给我的来信："卢璐姐，男朋友说，没上床，不算真爱。我是不是该跟他上床？"

每一次我都怒怼回去："上床是你情我愿，不是证据！这种男人扔掉！"

我不知道究竟有多少姑娘听了我的话，事实上，我知道大多数姑娘都没听我的话，因为我收到更多的回复是这种："我太爱他了，我怕他离开我，我就……"情况不同，每个人的付出不同。

这是女人的共性，陷入真爱就是时刻准备着，上刀山下火海，粉身碎骨，凤凰涅槃，在所不惜。

就连王菲这么孤冷的女人，都会住进北京胡同的民房里，去公共厕所，自己生蜂窝煤炉子。

就连张爱玲这么高傲的女人，都会说，喜欢一个人，会卑微到尘埃里，然后开出花来。

父系社会几千年，一代连着一代的压迫和影响，已经把"奉献"压刻在女人最深刻的意识里面。

今天，女人们在认真思考以后，会迎风招展地大喊："我是女人，我独立！"

然而，在没有思考的时候，还是会恢复潜意识里的默认值：男人比女人天生拥有更多选择、优势和天赋，男人的爱是一种"荣幸"。而自己是丑的，卑微的，不值得被尊重，也不值得被爱的，需要通过讨好和付出，才能去赢得男人的爱。

这就是为什么提到"出轨"，下一句被骂的都是蠢猪一样的男人。因为在女人的潜意识中，没有男人可以永葆忠诚，出轨只是一个时间和机遇的问题。

这也是为什么宫斗大戏一场比一场火热，你死我活只为争来的那点宠爱。因为在女人的潜意识中，男人的爱，是有时间和数量限额的，碾压着别人争来的才是至高无上的真爱。

西蒙娜·德·波伏瓦，在她的跨世纪著作《第二性》里面说道："女人，不是生而为女人的，是被变成女人的。"

我有一个朋友，白富美，名校毕业。做姑娘的时候，是心高气傲的作女。对付男人，花样百出，虐人有方。后来她遇到了一个自己深爱的男人，高大英俊，工作优秀。结婚的时候，郎才女貌，登对无比。

她老公仕途顺利，越来越忙。婚后，她申请调进最没用的科室，基本没有工作内容，变成了兼职工作的主妇，低眉顺眼，相夫教子。

最初几年，她是个快乐忙碌的小主妇，觉得能帮他打理一切，照顾好家庭，是她心甘情愿付出，她幸福。

渐渐地，婚姻进入静止状态，日复一日，她觉得自己委屈，迷失了自己的价值，被整个家熟视无睹。她开始疲惫于自己的付出和牺牲，开始厌倦，开始质疑自己的爱情和婚姻，为什么自己要担负整个家庭的责任？

有一次下大雨，她出门办事，被堵在路上。老公和孩子都已经到家，她电话里说，菜都择好了，炒一炒就可以吃。到家已经快八点了，停车的时候，她看到厨房灯亮着，心中一阵激动："终于有一次，我也可以吃顿现成饭了。"

进了门，老公和孩子歪在客厅沙发上，吃着薯片和花生米，一起看网球比赛。厨房台面上，堆着一堆被拆开的零食包装袋。择好的菜还在水里泡着，甚至没有拎起来沥干。她不回来，大家都饿着等。

她突然爆发了，把所有零食包装袋扔在地上，歇斯底里地大叫。

她老公和孩子都莫名其妙地看着她，说："不可理喻。"他们早都习惯了她无微不至的照顾，不明白她现在为什么突然变成了恶毒无比的怨妇。

那天她真的气极了，给我打了两小时的电话，讲给我听的时候，也是用喊的。我等她都说完，问她："为什么不把家务分配一部分给老公和孩子呢？"

她安静了一下，然后说，她觉得她老公在外面打拼很不容易，回了家，想让他休息休息。孩子上了中学，学业繁忙，想让他吃点好的，享受妈妈的手艺。而她对这个家没有功劳，总有些苦劳，为了这个家，她辛苦一些，没关系……

我听了半天她似是而非的回答，最后问她："你是不是害怕？他是成功人士，你是黄脸婆，你害怕对他提要求，因为你害怕他会嫌你烦，会离开你。"

她半晌不语。

我觉得西蒙娜·德·波伏瓦那句话，用来说男人也适用："男人，不是生而为男人的，是被变成男人的。"

男人的本质不是组成团队，荣辱与共，而是要无时无刻不相互竞争，展示自己的优秀性。

从本质来说，男人比女人更自私，也更偏执。但是爱会改变男人。当男人爱上一个人，会情不自禁地想去给予，他们会发现给予才是自己最大的价值。

男人的给予和女人的付出，虽然都是"给"，但是两个完全不同的概念。给予是给自己想给的，付出是给对方想要的。

在我看来，世上大多数婚姻中的矛盾莫过于此：

女人按照男人的要求付出，男人按照自己的想法给予。一来一去，女人觉得自己没有受到足够的重视，伤心欲绝；男人觉得，自己赠予的，总不是女人想要的东西，失望无比。

婚姻仿佛是一个荷尔蒙弥漫的战场，一个成功的婚姻，不是谁占领了谁，而是两军阵前，歃血为盟，达成稳固的阵线。

女人需要在婚姻中学会进步，而男人则需要在婚姻中学会退步。

在婚姻中学会"进步"，不是要从女人变成男人，是要从青涩的女孩，变成成熟的女人。

生理上的成熟，和心理上的成熟，完全是两件风马牛不相及的事。

让女孩成为女人，不仅仅是要撕碎那张根本看不到的处女膜，而是要让自己有底气去扯断缠在身上的"奉献"枷锁，让自己相信，自己是值得被爱，值得珍惜，敢于划定界限的。在界限里面的付出，我心甘情愿；界限外面，要按照我的心情，酌情再谈。

学会接受和有勇气说"不"，才是一个女人真正成熟的表现。

我有一个法国朋友，43岁，把工作减少了一半，重新进入大学，开始学习自己想学的心理学。

她和老公约定好，每周一和周五是她去送孩子，每周二、周三、周四，是老公去送孩子。每天她去接孩子、辅导作业，但在周末，是老公去送孩子学跳舞，拉提琴，和带着孩子们去家乐福采购。

每个孩子都有自己每天必须完成的工作，老大去遛狗顺路取面包，老二负责把洗碗机填满，再取出来，老三负责擦桌子，并给花浇水。

这是一个看起来非常疯狂的计划，但被他们坚持实施下来。她用了两年拿到了心理学本科文凭，并继续读硕士。

面对真正爱你的男人，定下的界限是一个明确的参照物，让他可以明确知道你想要的东西。能给自己心爱的女人想要的东西，对任何一个男人来说，都是天上人间无上的满足。

面对不爱你的男人，定下的界限是一个带着铁丝网的监狱，让他望而却步。

世界上总有很多人在享受奴隶的服务，但是没有人会爱上奴隶。

小女生想奉献，大女人定界限。

总有一天，当我们能泰然自若地定下界限，我们才真正成了女人，风轻云淡，相看两不厌。

谁在管钱
谁就主宰
生杀大权？

晚上，卢中瀚捏着手机过来问我："在国内结婚，是一定要在住的地方还是随便哪里都能结啊？"

我正忙着写文章，头也没抬地说："人家明星都去巴厘岛，只要你有钱，哪里都行！"

他点头走了，过了两分钟又来问："我的意思是，要是没有上海户口，能在上海登记结婚吗？"

我耸耸肩："我怎么知道。不过我觉得不行，估计要去有户口的老家吧？"

他点头走了，一分钟后又来："结婚是不是要体检啊？回老家结，能在上海体检吗？"

哎，今天这是在刮什么风啊？我脑袋里飘过一丝疑惑，把头从电脑屏幕前抬起，转头反问他："大晚上的，您这是在筹划着跟谁结婚啊？"

他不置可否地说："不是我，是凯文。"

天下女人都有一颗好事的媒婆心，凯文是卢中瀚到上海后新认识的哥们儿。我跟到客厅去问："快给我说说，凯文要和谁结婚啊？"

卢中瀚说："一个女人。"

"多大年纪啊？做什么的啊？收入多少啊？哪里人？家里啥情况啊？有房子吗？有沪牌吗？怎么认识的啊？认识多……"

面对我连珠炮似的问题，卢中瀚说："据说是一起骑自行车认识的。不是，你这个人怎么这么俗气呢？结婚是因为爱情，和钱有什么关系？"

正说着，卢先生的微信又响了，他瞄了一眼说："凯文问你，在中国结婚，怎么做婚前财产公证啊？"

我掀翻天花板般大笑，抹着眼泪跌坐到沙发里面说："就是啊，结婚当然和钱没半点关系。"

凯文是在法国离了婚之后，人到中年才来到上海的。他在法国结过婚，还有一个孩子。他花了5年时间才办好离婚手续。

不是他前妻不愿意离，问题是，在法国离婚没有净身出户这一说。一方净身出户等于把自己的财产赠予对方，手续复杂，接受方还要上缴"赠予税"。赠予税比遗产税高，在法国，离婚净身出户基本等于白白把银子上交政府，凭什么？

在法国离婚，针对共同的房产，要么把房子卖掉，两个人按比例分钱；要么一方按照市价把对方的产权买回。那几年，法国经济不景气，房子不好卖，已经决定离婚的两个人，本来见面就气不打一处来，再在一起讨论卖房子分钱这类敏感的话题，结果可想而知。凯文那几年过得心灰意懒，连跳塞纳河的心都有了。

一朝被蛇咬，十年怕井绳，所以这一次，他要做好防御准备，以防后患。

话是这么说，可在热切准备结婚的阶段，两个人不约而同地想到婚前财产公证的，目前在中国还是少数。想到做婚前财产公证的，总是两个人中更有钱的那一个，比较穷的那一个心里总会有点泛酸。

我对凯文说："作为朋友，最中肯的建议是，在正式提出做婚前财产公证之前，你最好确认一下你们两个谁更有钱！因为按照国内的房价，在市区就算有个趴趴房，也比你在法国郊外的别墅值钱得多！千万别赔了夫人又折兵。"

婚姻和爱情之间最大的不同是：如何与伴侣支配自己的财产！

爱情的关键词是感情。在爱情中，我们应该全心全意地付出感情，至于需要付出多少钱，来表达自己的感情，没有明文规定。而且从爱情角度来说，送 LV 还是送帆布袋，代表不了感情的浓淡，无法保证爱情的稳定性，也没法保证日后的婚姻。

婚姻的关键词是财产。虽然今天有越来越多的家庭在尝试经济分离，但是至少在千百年来的婚姻中，把财产合二为一，共同支配，才是能够维系婚姻稳定的条件！

因为在婚姻中，爱由心生，爱本无形，爱是一个不稳定的因素，可多可少，可有可无，除了自己，没有人能够测量和判定。可是财产不一样，财产是实际的东西，在那里就是在那里，是我的还是你的，都有明文规定。

婚姻中的共同财产，是一把双刃剑。它常常是一种桎梏，让我们无法随心所欲任意妄为；往往也是一个保证，就算我们一时进入感情低谷，总还有个缓冲区域，让婚姻不至于血溅当场般断裂！

在我看来，一个家庭的财产支配方式，是显而易见的温度计，用来体现这场婚姻的稳固程度。说来说去，活在经济社会里的我们，连婚姻爱情也不能免俗，钱才是操纵一切的幕后黑手，没有第二只。

我和卢先生结婚之前，卢先生就把他的银行卡密码告诉我了，这么大的信任，让我激动了好几天。事实上，我从来没有刷过他的卡，因为还是刷自己的卡，空气才更新鲜一点！结婚之后，我们也没有建立夫妻共同账户，各人工资进入各人账户，付钱凭各自感觉，倒也相安。

后来我们回了国内，有了孩子，情况急变。他去开了一张工资卡，连银行提醒留的都是我的电话号码。从此我就变成了人肉提款机，他就晋升为甩手大爷。

春节前，我做了一个微信红包的软文推广。我本来写的是"我家卢先生没有微信支付"，微信金主修改意见反馈回来："写错了吧？现在已经不存在没有微信支付的版本了。"

可是，卢先生就是没有微信支付，没有支付宝。他说中国银行卡要6位密码，他记不住，可现在他退化到，连他自己的法国银行卡的4位密码都记不住了，每次用每次给我打电话确认。

春天，卢先生气呼呼地回来问我："为什么凯文去旅游，就住在海边上的酒店？我们要住那么远？咱们账上还有多少钱？"

听这话音，他是摇旗呐喊高呼不满啊，我赶快把所有的银行卡都摆在桌子上，翻着银行短信，给他讲，这个卡密码多少，有多少钱；那个卡密码多少，有多少钱；边上那个密码是多少，但是里面没钱……

他听着连连点头，我心说机会来了，赶紧对他说："所有的卡都在这儿了，你拿着吧。以后我要用钱跟你要，我们实报实销？"

他一脸无辜地看着我说："为什么啊？我就是想知道我们是不是入不敷出。对了，给我500块，我的饭卡要充钱。"

我是山东人，在孩子们眼中，女人管钱，是这个家对女人的肯定。小时候，有个同学是上海人，家里是爸爸管钱，常常被我们笑话！

后来我到了法国，去餐厅打工，最让我们这群穷留学生惊讶的是，居然有夫妻带着孩子来吃饭，结账的时候 AA 制！就算在今天，在法国任何一家餐厅里面，只要一个手势，服务生就会自动给你分账，无论你是和同事，和朋友，和父母，或者和配偶一起！

我的很多法国朋友习惯的做法是，婚后每个人都保留自己的账户，然后开一个联名账户用作共同支出，每个月每个人收到工资之后，再转过去。

时代越来越进步，每个人越来越独立，我们可以不依靠任何人活着，我们也不愿意别人寄生在我们的生命里。与其各自在心中七上八下地算计，还不如从一开始就把墙垒好，各自遵守规矩。

今天，婚姻正在慢慢改变，越来越多的桎梏被彻底解开，让我们可以活得自由自在，然而这也松动了婚姻的基石，婚姻关系变得越来越松散！很多人，甚至连我自己，都曾质疑过，人人都在婚姻里活得这么痛苦，是不是婚姻制度真的行将消亡？

找到一个能够心无芥蒂共享财产的人，究竟有多难？要心无芥蒂任 Ta 花钱，更要信心满满地相信不会有那种相互撕咬的明天！

也许我是个老掉牙的女人，拥有共同财产是一个老掉牙的观念，是自己给自己制造麻烦。可是就像谁能保证爱谁一辈子，我还是想要试一试，在这个世界上，比起分享爱，找到一个人可以毫无算计地共享彼此的钱，这才是巨大无比的信任与默契，这才是让我心安的亲密感。

通透的人，
更容易
找到对的人

我认识一个标准的"富二代"。

那是一个在行业内挺有名气的企业，有个很有名气的"女企业家"，做事雷厉风行，敢想敢干。

初识的时候，我有点惊讶。她和人们印象中"女企业家"的形象相差甚远。她皮肤紧致，身材也好，穿衣风格时尚，谈吐也是上乘的。我们一见如故。她是英国海归，刚过 30 岁，已回国入职 3 年。

不过，比起她的美丽，她更让我惊讶的是，这么璀璨优秀的女人，居然已经结了婚，有一个 2 岁的女儿。而且话里话外，能感觉到她的婚姻真的很幸福，不是刻意摆出来的幸福！

如今，我们的社会着实有点畸形。对女人来说，优秀等于剩下，越优秀的女人，越容易"剩下"。所以，当我们看到一个美丽优秀的女人，不但结了婚，而且很幸福，我们总会发自内心地揣测，她是不是有什么隐藏的原因？

我是自带八卦属性的人，我问："你先生是什么样的人呀？"

她给我看了她先生的照片，一个和她年龄相仿、相貌普通的人。她穿着高跟鞋，和她先生差不多高。

按照我这中年女人的思维逻辑，她先生一定是隐形富豪、隐形富二代，有家族基金，惊人的财富。

她是个通透的人，她说："他是美籍华人，他的父母就是当年闯出去的普通人。他读书很努力，学历很不错，现在在一家美国公司工作。按照他的年龄，发展应该还不错。但是你明白，比起我家，也就这样子吧。"

不是为了容貌，不是为了钱，那一定是为了旷世惊人的爱情！姐姐我的心都飞起来了，准备搬好小板凳，听一段惊天动地的爱情故事。

她给我讲了他们的爱情，很幸福，还挺顺利，水到渠成地结婚了，完全没人反对，没有上刀山下火海、五雷轰顶的石破天惊！

我忍不住了，干脆有话直说，我问："那你为什么要嫁给他呢？"这话的深层意思是，这么好的姑娘，你图他什么啊？我汗颜，我就是那种骨子里寒凉的势利女人。

她笑了："这个问题真的好多人问过我。不过像你这么直接的倒不多。

"我嫁给他，是因为合适。我太了解自己了，我非常清楚，我需要一个什么样的人。我中学就去英国读书，在我先生之前，我也有过别的男朋友。我的前男友，也许在世俗眼中，拥有更多能配上我的特质，但我们还是因为性格、三观、处事方式等原因分手了。后来我遇到了我先生。

"我先生是一个非常优秀的人，只不过今天的社会太势利，和我在一起的时候，世人看到更多的是我。

"我们在一起两年多，才决定结婚。我们工作都很忙，常常聚少离多，我们也吵架，我们也因为各种事情争论不休，但是我知道和这个人在一起，我可以过一辈子。也许我们的爱情没有小说里写的那种头晕目眩的美，但这就是我想要的婚姻。"

她说完，反过来问我："你呢，你也给我讲讲你的故事吧？你是从哪一刻起，认定他就是那个和你共度余生的人？"

这问题表面看起来很合理，却让我一下子卡了壳。因为这个问题，我从来没有问过自己。

我认识卢先生的时候，已经是 30 岁的剩女，因为最初的时候，我们是异地，所以我们有大量的时间写邮件，打电话，说了不知道多少话，讨论了能够想到的所有的人生问题。

对我来说，卢先生不仅仅是我的热情似火的情人，也是我的朋友，我的搭档，我的知己，我的对手，我的陪练，我的拐杖。

说实话，卢先生和我从小到大设想的白马王子，实在是风马牛不相及，然而遇到他的时候，我已经磕磕碰碰走到成熟的年纪。我终于明白了一件事情，原来在这个世界上，并不是越符合世人眼光的事物，越适合自己。

在今天的中国社会，一块石头从天而降，能砸中的剩女比蚂蚁还多。虽然这话说得恶毒而刻薄，却是一个事实，无法否认。

我曾经和很多结了婚或者没结婚的朋友，长篇大论地讨论过为什么剩女这么多。但从理论上来说，剩男应该比剩女的人数多。

从表面上来看，最简单的答案是：女人们太挑剔，女人们太贪心，女人们总在异想天开地想要更多。可作为女人，我真不能认同。我周围的很多优秀的女人，她们拼命努力，她们想要的仅仅是一种幸福的感觉。

当我们静下心来听一听每个人的心声，会发现他们都曾轰轰烈烈或者云淡风轻地爱过。相爱容易相处难，绝大多数人剩下来的原因是没能把爱情延续成一段长长的婚姻。

婚姻不容易，因为爱情之外，还牵扯着两个人，甚至两个家庭深度全方位配合的问题。

每个人都是独一无二的，当两件举世无双的孤品在一起的时候，总是会迸发出很多无法预计的问题。

　　中国历史五千年，最有智慧的那个人叫作"孙子"。孙子最著名的一句话，恐怕就是"知彼知己者，百战不殆"。

　　每个人都会以为这句话的意思是："想要赢，一定要了解对方"。事实上，我们都忽略了其最精华的部分，因为这句话的意思根本就是：想要赢，在了解对方之前，我们一定要了解自己！

　　"不识庐山真面目，只缘身在此山中"，了解自己是一件非常困难的事情。我们会很容易自卑地看低自己，我们也常常会自负地抬高自己，在实际生活中，更复杂的是，每个人都在自卑和自负中间徘徊，极冷或者极热，纯白或者漆黑。

　　我们总是在想自己想要什么，自己想得到什么，别人应该如何对待我，然而我们从来没有停下来，定心静意，从实事求是的角度出发，看看自己的实际情况，看一看到底什么才是更符合自己的事物。

　　不是我们太挑，而是我们太盲目，从小到大，我们被童话蒙住了眼睛。我们以为只要找到那个对的人，就会幸福。鉴于我们从来没有去反省过自己，到底什么样的人才是对的人，那么最容易的办法就是拿着社会大众的标准来"框架"自己！

　　然而，最好的不一定适合自己，适合自己的才是最好的。这是句恒久不变的"鸡汤"，趁热喝了，面壁反省去吧。

　　仔细观察一下，和那些干得好还嫁得好的女人比，我们差的不是一点点运气，而是一点点直面自己的通透。

日子总是看起来平淡无奇的果子，

可幸福就是把这些果子榨成汁。

婚姻，哪来天作之合，
都不过是慢慢磨合

结婚十年

在很长的时间里，关于上古的结绳记事，我都有一个大大的疑问：当一根绳子大大小小地打了很多结的时候，绳子的主人自己怎么能记清楚，这是哪个结？

如果人生按照 80 年算，一共只有 29220 天，这还已经加上了闰年多出来的那些天。

一生中总有些日子是注定要被铭刻在回忆中的，譬如生日、高考、结婚、生子……

一生中也还有些日子，原本该是被淡忘的，但是因为突发了某件事情，就被陈列在回忆中，譬如月经初潮、第一次牵手……

稀里哗啦半辈子走过来了，蓦然回首，我突然间明白了结绳的原理：

　　原来一生中并没有那么多值得记住的东西，根本不会出现一根绳子上密密麻麻一串结的样子。

　　有很多很多刻在心里的事情，不用结绳也不会忘记。

　　我一直记得很多年前一个夏日的晚上，应该是周末。

　　巴黎的夏天短暂而凉爽。我们的小房子，南北通透，两边的窗户一打开，有夜风穿过，如水清凉。

　　我们把客厅里的沙发放成床，歪在上面看美剧，一连看了两集，夜已深了，但是还没有睡意。在等着下一集美剧开始的广告间隙，卢中瀚转过身来，低下头说：

　　"等秋天我们从中国旅行回来，我们就开始准备结婚好不好？"

　　黑夜中我看不清他背光的脸，我感到他的手指温柔地滑过我的脸。结婚的话题，就这么让他毫无征兆地挑起，心中一阵甜蜜，我说："好，我同意。"

　　后来我再给卢先生说起这个细节，他瞪着眼睛说："怎么可能？"

　　那一年，他常驻西班牙，每两周才回一次法国。每次回来，我们都跑出去和朋友玩到半夜，何时有过周末两个人在家看电视？

　　可是，那清凉的夜风，那滑过脸庞的温柔的手指，和我整个人一下子跌进去的甜蜜，我明明记得那么清楚，怎么会是一个仲夏夜的梦？

　　他笑："那是因为你太想嫁给我了，弗洛伊德写过一本书叫作

《梦的解析》……"

我一直有婚姻恐惧症，不是担心对方，而是在担心自己。

从 16 岁开始，我有过很多次深深浅浅的恋情。我怎么能保证，在结了婚之后，接下来的四五十年中，我会只爱你？

曾经沧海难为水，除却巫山不是云。

我 30 岁遇到卢中瀚，才明白，原来我们会遇到很多人，有的人为了懂得爱，有的人为了明白什么是伤心，而有的人是为了相伴结婚。

卢先生算是物质稳定的"优质男"。

有房。

1920 年的房子，36 平方米还漏雨。

有车。

20 世纪 70 年代快要跑不动的老爷 Mini。

有工作。

在大公司打杂的小助理。

存款没有，工资比我高一点有限，房贷还了还不到一半。

我们有的是，在确定开始之前，上百小时的电话和几十封邮件。

在一起的最初几个月，每次我看着他，感觉到的不是坠入爱河的幸福，而是喜上眉梢的满意。

谢天谢地，终于让我找到你。从此以后，我就可以赖在原地，好吃懒做，不需要再出门捕鱼。

所以我怎么能够做梦也想嫁给他？因为在我这里，从来没有想过，还有不嫁给他的可能。

我们秋末的时候回国旅行。

年过 30，海外漂泊的大龄剩女带了未过门的女婿。那感觉估计是，确认打水漂的坏账投资突然发了红利。

我们全家老小都对他表示了最大的热情。中国人表现热情的方式就是猛吃。早中晚饭、消夜、下午茶，吃了 3 周，卢中瀚胖了四公斤。所以在"你好"之后，他学会的第二句中文是："不要了，谢谢。"

我们初冬时回到法国，婚礼组织正式排上了日程。

组织婚礼，自己没有操作之前，远远看看，都是令人目眩的美丽。等到自己做起来，才知道困难重重、复杂烦琐、问题不断，勉强前行，幸亏我爱你。

我在网上万年皇历里选了个 10 月份的双日子。看过《疯狂动物城》那个动作超级慢的树懒就明白了法国公务员的效率。为了确保来得及，我要抓紧去办公证结婚，以及我妈来法国观礼办签证需要的文件。

哗哗两张 A4 纸，公务员太太笑眯眯地递给我，用超慢语速说：

"给，你，回，去，慢，慢，准，备……"

我拿回去，研究明白，如果我和卢中瀚已经结婚了的话，签证文件要简单得多。

在我第三次去市政府，等着的时候，旁边有本日历，翻了一下，无意间看到那一年5月24日，居然是个周六。

5月24日是我们两个正式牵手在一起的纪念日，选这个日子登记结婚，也算有意义。

整整一小时，终于到我了，果然我妈办签证的文件不符合要求，要退回去重办。我们的政府不大，所有民事事务都是同一个太太接手。

我清了清嗓子问："能不能查查5月24日是否还有位置预约登记结婚？"

办事的太太定定地看了我10秒钟说："你刚刚不是说要10月吗？"

我咬着嘴唇点头说："我改主意了，我想改成5月。"

太太又看了我10秒钟，然后说："结婚是两个人的事情，你是不是要通知一下你的未婚夫？"

心里唯一的念头就是，不要再让我上着班偷跑出来，排1小时的队了。

我赶快说："您放心，到时候他肯定会来的。"

太太查了查，5月24日下午，没有人预约。

我斩钉截铁地说："我定。"

办事的太太又看了一遍我们的材料说："好吧，我给你暂时约好，万一你们想改，结婚之前都可以。"

去市政府耽误时间，晚上到家很晚。卢中瀚已经订了比萨。我们两个看着电视吃比萨饼，他问了句："那签证的文件也办妥了吗？"

我含着一口比萨点头："等把结婚证明复印一份，发过去就行了。"

卢中瀚说："结婚证明要市政府登记结婚之后才可以有，来不及呀。"

我拍着他的肩膀说："忘记告诉你，我把登记结婚的日子提前了。5月24日。"

看着他变得有点僵硬的表情，我赶快说："我们就是去登记一下，去教堂举行婚礼还是10月。5月24日，多有意义呀，你还记得两年前，我们……"

后来卢先生才承认，当时他表情僵硬不是因为我随便改日子。他的僵硬是因为，当时他还没有去订戒指，突然提前五个月，戒指估计来不及取。

在我们的记忆里，对于我们第一天见面的日子，有点分歧。我记得是4月9日，他记得是4月10日，争执不已。但是这一天的细节，在我们的记忆中却无法磨灭。

我们在南法那个小城市中心见面，我们已经交换过照片，所以在人群中很容易辨认对方。我们行了见面礼之后，卢先生建议一起找个地方坐着喝杯东西，我们一起上了自动扶梯，他非常礼貌地让我先上，他站在我的下面一阶。

我居高临下地看着他，突然童心起想要恶作剧，我低下头在他的耳朵边上说："哎，你比照片上看起来胖很多啊。"

然后我就看着他的脸涨红了起来，一点点曼延到耳朵。

我们去了我和朋友常去的一家酒吧，傍晚的时候，有很多人聚在那里喝开胃酒。我们也混在人群中点了两杯东西。酒吧里太吵了，讲话要把嘴巴凑到耳朵边上，拼命地喊，这不知不觉拉近了我们身体的距离。

当杯子空了的时候，卢中瀚坐直了身子，很正式地问我："请问，你今晚有没有别的安排，我可以有请你吃晚饭的荣誉吗？"

是的，他真的用了这个词："荣誉"。

我也坐直了身子，习惯性地低下了头，这一次是他看着我的脸一点点红到了耳朵，我用细如蚊蚋的声音说："好的。"

我喜欢这种彬彬有礼、有张有弛的文雅方式。

他开着车带我去十几公里外的地中海海边，四月初的南法，春寒料峭，很多餐厅都没有开。我们找到了运河边上的一家意大利餐厅，猩红色的墙壁在幽暗的烛光下，显得神秘，有女中音的歌剧音乐在空中回转。我忘记我们吃了什么，好像有三文鱼。

我们讲了很多很多的话，中世纪的城堡，十字军东征，东西方文化的差异，还有孔子到底是谁……没有你侬我侬，没有甜言蜜语。在我兴致勃勃地开始一个新话题的时候，服务生走过来，带着一副非常抱歉的态度说：真的对不起，我们打烊了。

我们两个人同时看表，居然已经12点半了。这是我今生第一次、也是唯一一次在餐厅里忘记时间，并且是和一个初次见面的男人。于是时间停止的那一刻变成了我们的永远。

卢中瀚预谋在他认定的4月10日那天跟我求婚，那年的4月10日正好是周五，他早早跟我说："周五，你能不能下班之后，早点回来？"

是我先到的家，我在楼上收拾卧室。我听到他回来了，有上楼的声音，可是走到一半又下去了。我想下楼找他，走到楼梯口，被一捧鲜花差点绊倒。

我大叫："你这个人怎么可以随手乱放，害得我差点摔倒！"

他举着从酒窖里刚刚拿出来的、我喜欢喝的贵腐甜白跑上来，眼睛如星辰一样闪亮，他说："你看看这是什么？"

我把半人高的大捧鲜花抱在怀中，还在抱怨："就是送花也不该乱放啊，这是个毛病，得改！"

他不回应我，跳下楼说："来帮我摆桌子。"

原来，他请了假，从凡尔赛宫旁边的公司，开着车穿过整个巴黎，去了玛德琳广场，买了我爱吃的Fouchon（馥颂）的咸点龙虾派和甜点红莓慕斯蛋糕。我们铺上桌布，点上蜡烛，在我们自己的小窝里庆祝。

在我去找花瓶的时候，卢中瀚拿出了一个黑色的小盒子，我兴奋不已，那一定是我有钻石的订婚戒指。

那个盒子里装的的确是我水滴形的钻石，然而只有钻石。卢中瀚把我揽在怀中，像是做错了事的小男孩一样对我说："我订得有点晚了，来不及做成戒指。所以，他们先把钻石借给我求婚，明天还要还回去，不然 5 月 24 日结婚，他们来不及。"

我并不生气，但是我不同意，我说："这不算求婚，只能算是求婚演习。我要戒指做好了，你再跟我求一次。"

卢中瀚不同意，他说："可是蛋糕我都买好了。"

不同意？我就不嫁给你！

五月中旬，天气很好，暮春浓到如酒，令人微醺。

下午的时候，我们去参加一个电视节目当了一回背景墙，卢中瀚说："今晚我们在外面吃吧。"

正是日落，玫瑰金的天幕上，飞着黑色剪影一样的归鸦。卢中瀚对着天空狂拍，叫我给他拿另一个镜头。

我打开摄影包翻来翻去，"哎，镜头下面怎么有个黑盒子？"我话还没说完，他一个箭步跑过来一下子关上摄影包，"让你拿镜头，你干吗乱翻？"

他手忙脚乱地关好摄影包，计划被打乱，他气急败坏地顺着塞纳河疾走，我跟在他后面，从亚历山大桥一直走到艺术桥。他停下来说："走吧，我们去吃饭。"

巴黎市区内唯一一栋摩天大楼 Montpanasse（蒙巴纳斯）的顶层 56 层是一个旋转餐厅，据说是看巴黎夜景最美的地方，他已经订好了靠窗的位置。

自从发现了戒指盒子，我一直在兴奋地等待，心说他究竟是要怎么给我呢？电视里的种种场景，如火车一样，轰轰轰从我脑中驶过。

我非常仔细地观察着我的酒杯和我的食物，万一不留神咬下去，咽到肚子里怎么办呀？

主菜吃完，上甜点之前，我还专门去了一次洗手间。给他一点空间准备表演。回来看看餐巾下面，没有没有还没有。

吃完了甜点，在等咖啡的时候，我终于沉不住气了，张口问："你那个黑盒子里到底是什么？"

卢中瀚就等着我问呢，他把盒子拿出来说："要不，你自己看吧。"

电视上都是个小小的丝绒盒子，摆在掌心。这个皮质的盒子跟半块砖头差不多大，扔过来估计可以砸死人。

我皱眉说："这什么盒子？这么难看。"

卢中瀚说："这是珠宝店配的，据说今年最流行。"

我还想继续，他打断我："盒子不重要，看里面。"

我打开盒子，水滴形的一枚钻戒。

卢中瀚扬扬得意地说："这是我设计的，我让他们别把钻托得那么高，所以不太会钩到东西。你知道你是个不太仔细的人……"他一边自说自话地数落我，一边把戒指拿出来，递给我。

我戴上戒指左看右看，水滴形的戒指衬得手指细长，不错，我心花怒放。

看完了才想起来，单膝下跪，真心请求，嫁给我好不好，所有想好的过场统统没有。

我又把戒指摘下来说："刚才是试试，你重来，要跪下。"

卢中瀚不同意："你已经戴过了，还要我重来？这里好多人呢，回家好不好？不过话说回来，这个号是不是有点大呀，刚刚看你戴着有点晃。戒指大，容易滑脱。你手伸过来，我看看……"

等我明白过来，戒指已经又套到我的无名指上了。不大不小正正好，熠熠生辉地耀着眼。

卢中瀚乐不可支地看着我说："已经戴上两次了，不可以再拿下来。"

我不甘心："这根本和我想的不一样，你一点都不敬业。"

他委屈："你收到戒指既没有尖叫也没有掉泪，你的演技也平常。"

这时候咖啡端上来了，我们两个剑拔弩张地对视着各自喝了一口咖啡，没有绷住，笑了起来。

干吗一定要和别人一样？最好的不一定是我的，可是我的就一定是最好的。

婚姻幸福守则第一条，不要和别人比，千万，千万。

那天是 5 月 19 日，离登记结婚的日子只有 5 天了。

按照我们的计划，5 月 24 日只不过是去市政府登记结婚，真正的婚礼在 10 月份。所以我们仅仅是想登记结婚之后，和双方证婚人一起去吃个饭而已。

儿子结婚，哪怕仅仅是登记结婚，我婆婆也一早就订了票来巴黎。

周三晚上下着雨，我们去里昂站把我婆婆接了回来。她才发现原来我们什么也没有准备，仅约了婚礼见证人一起去登记。

因为婆婆的到来，我们走过场的登记结婚有了一个质的变化。周四晚上下了班，我和卢中瀚一人捏着一个电话，打开通讯录联系人一个个地打电话。

"Hi，好久不见，最近忙吗？"

"周六下午你有安排吗？我们约一下吧？"

"没什么特别的事情，就是我周六下午结婚。"

"好呀，那就三点直接在市政府见啦。"

估计这是当年最高效的婚礼组织，打了一小时电话，我们最亲近的朋友全都来了，将近 30 个人，冒着大雨，在市政厅集合观礼，然后一起挤在我们三十几平方米的小房子里狂欢到天明。

大家都在跌跌撞撞中相互告别，告别的时候，击掌为证，我们 10 月再见。

作为一个读了太多童话的女生，我一直梦想着这样的婚礼：在教堂里穿着白衣的神父面前宣誓我们的忠诚，然后在城堡里举行婚礼，在路易十五的橡木地板上跳舞，高调地向全世界宣布：单身结束。

10月的巴黎，天气出奇地好，碧蓝如洗。是否见过有人婚礼也会迟到？如果没有，现在你们认识了我。

就是因为我们迟到了，当婚礼结束，我们从教堂出来的时候，正好是中午十二点整，一时间整个教堂的钟声响个不停，仿佛都在为我们祝福。

我们在自己选的那个18世纪的城堡里面结婚，城堡主人专门为我们点燃了壁炉。

我们的婚礼规模很小，也就七十几个人，但是每一个都是我们至亲至爱的朋友，是我们自己付了所有的钱。

这群人在这个晚上，喝了24瓶白葡萄酒、48瓶红葡萄酒，还有120瓶香槟，吃了200只大西洋牡蛎、600块不同口味的甜品。

城堡婚礼组织部的女生非常真诚地对我们说，这是她在这里工作5年来，气氛最好的婚礼，她真心祝福我们。

我们手牵着手甜蜜地笑着，我们一定会幸福。

弗洛伊德说过，人可以记住一生中所有的往昔，忘记的只是找到它们的线索。

闭上眼睛，10 年转过，那些细节，历历在目。

这 10 年走过来，绝对不仅仅是欢歌。如果仔仔细细地数数，所有生气、伤心、厌倦、冷淡，还有那一堆堆说不上好也说不上坏温暾暾的日子，加起来一定占大多数。

在婚姻中，难能可贵的不是找到那个完美的人，而是明知他不够完美，我还是抬不起腿，迈不开步，舍不得离开。

也许这就是婚姻，起初的时候是为了爱情，后来是为了寂寞，再后来是为了陪伴，再后来呢？

在一起久了，我们已经忘记了如何独立生活，只能靠在一起，唇亡齿寒，苟延残喘，了断残生。

这 10 年，欢乐的时候，我曾后悔过，为什么没有更早遇到他，这样一辈子可以有更多共处的时间。这 10 年，生气的时候，我曾后悔过，为什么没有早点看清楚这张可恶的脸，既然如此何必当初。

一个普通人的婚姻大抵就是这样的：

永远在后悔，绝对不放弃，斗争到底，纠缠不息，最最重要的那个根本是，你永远在这里。

男人需要的只是一点夸赞

050

我在巴黎地铁上碰到了两对一起来游玩的中国夫妻，都是 30 多岁的人，有一对带着一个七八岁的男孩子，有一对没有带孩子。

上了车，两个太太和孩子站在我旁边，两个先生一个在低头看手机，另一个在看车厢里的巴黎地铁图，看样子他们迷了路。

带孩子的那个太太，一直在吐槽自己的老公："今天早上，我就让他把路线记下来，他说我都记住了，结果现在傻眼了！这个人脑子就跟猪一样，除了吃什么都记不得。你看他那个猪肚子！"

这时候，儿子插嘴："我爸就是一只披着羊皮的猪！哈哈哈……"

那个先生，平头戴眼镜，白白胖胖，还真的有点猪样。他明明听到自己的老婆在说自己，估计他已经习惯了，面无表情，没有回应。

这个太太刚说完，另一个马上接着说："你看我家那个！他一点方向感都没有，看半天地图，一定还是找不到路！"

这时候，看手机的那位"猪先生"问看地图的"路盲先生"："咱们应该是去 chatelet（夏特莱）转线吧？"

"路盲先生"头也没回，继续看地图说："嗯，嗯嗯，嗯嗯嗯。"

他的太太在身后，痛心疾首地直摇头。

我有两个读者群，大多是已婚已育的女人，只有小部分是未婚女人想来见习婚姻。群里每天流量惊人，但是绝大多数时间，都是在吐槽，老公、婆婆、公公和自己的婚姻。

陆陆续续总有人退群，有几个专门来跟我道别，理由都差不多：卢璐姐，我进群本来是想跟诸位妈妈学习一下，可是进了群之后，看到大家多在吐槽婚姻，我心理压力直线上升。原来婚姻居然比我想的还可怕，我还是眼不见为净的好。

我越来越发现，婚姻像一个幻境，远远看上去，鲜花满地，鸟语花香。事实上，走进去却是布满荆棘和陷阱，让人陷在原地无法前行。这造成了一个结果，当我们转头看别人的婚姻，好像都幸福得不能自已，低头看自己的婚姻，总是痛楚心烦得不能呼吸。

想象和实际相差太远，总有巨大的失落感，而这就变成了一种恶性循环，越失落越失望，于是人人都生活在一地鸡毛的失望中。

如今我也成了一个码字的女人，在一地鸡毛的生活中，码着我纷纷扬扬的小日子。我终于明白，并不是女作家们的人生更幸福，也不是每个女作家都选对了那个好丈夫。没有人能让婚姻永远美丽幸福，但是每个人都可以选择，到底从哪个角度去看待自己的婚姻问题。

有一天我在写文章的时候，卢中瀚回来了，大热天满头是汗，一脸疲惫。他倒了一杯冰水坐在我旁边，歪头问我："你在写什么？"

我头也不抬地说："我在写，上次我们吵架，你记得吗？你特不像话……"话音未落，他跳起来勃然大怒："我不同意你把这种负面的东西写给那么多人看！大家都会觉得我是个渣男！我有那么坏吗？！"

突然受到攻击，我也火冒三丈地跳了起来："我哪有把你写成渣男？你要能看得懂，你就知道我把你写得有多好！但是你来中国7年了，中文不会，怪我吗？"

和天下所有夫妻一样，挥着刀子互砍的时候，我们绝对不手软。好好说话的态度和说话人的亲密程度成反比。关系越紧密，讲话态度越差，那是因为痛是比爱更加刺激的情绪。

那天我们两个人好像是在拧床单，一人扯着一头拼命地扭成麻花状，到最后把所有的水分都拧得一滴不剩，整条床单皱皱巴巴，软塌塌全是褶痕。

我坐在地板上，伤心无比地问："你到底怎么了？你不爱我了吗？你简直就不可理喻！"

他坐在我对面，把头埋在胳膊里说："我一直在努力做个好老公、好爸爸，然而你总是不满意，我不知道该怎么办好，我已经疲惫不已。"

我满脸泪痕地说："可对我来说，你是个好老公、好爸爸。虽然你做的很多事情，让我觉得匪夷所思，但我一直很满意我的婚姻啊。"

卢中瀚说："可是，你从来没有说过。你总是抓着我的错误不放，说我各种各样的不好。那你呢，你还爱我吗？"

我认真想了想，我常常在文章里面夸他，但是这些他都看不懂；我也常常在朋友面前夸他，不过也都是他不在的时候；当我们两个人面对面生活的时候，虽然在我心中，他是我这辈子珍爱的丈夫，虽然我知道他为了我和我们这个家的诸多付出，可是他那么大人了，用得着夸吗？他的那些好，不都是明摆在那里，用得着说吗？还是说说需要改进的地方吧，有错必改，才能进步啊！

女人和男人最大的不同，是对待感情的方式。

男人是一种骄傲自负的动物。男人最大的满足，是可以让自己的女人因为自己，浑身溢满幸福。男人可以付出，男人的付出不是等待回报，而是女人的鼓励、支持和赞许。男人说出来的话，通常都是自己认定的事实或者结论，除非想处心积虑地骗人，男人不太热衷说他们认为没有意义的事情。

然而，女人是一种天生缺乏安全感的动物。女人最佳的疗伤方式，就是叙述。每当女人把自己的伤痛和问题向别人叙述一遍，就等于做了一次疗养，叙述越多，康复越快。说话是女人的减压方式，很多时候，女人在说话，就是为了把心里的坏情绪像是泼水一样，说出去也就泼出去，说完了，舒服了，咱们再关上门开开心心过日子。

这就造成了一个非常严重的问题，对女人来说只不过是一种减压方式的吐槽，可话到了男人那里就变成了无法挽回的事实。男人心生委屈："原来她和我在一起如此痛苦，原来我根本就给不了她想要的幸福。"

就是因为男人和女人在追求感情的方式上完全不同，才造成了一个可悲的现状：明明爱得死去活来的两个人，却常常被渴死在对方阔如大海的深情里。

在婚姻中，我们耳鬓厮磨地生活，如果我们想哭泣，每天每时每刻，我们都能找 100 个理由哭泣；如果我们想微笑，每天每时每刻，我们都能找 100 个理由微笑。

当然，我知道这个世界上，总有一部分无法改变、应该被就地活埋的渣男，但是世界上绝大多数男人，总是长了一颗向日葵的心，围绕着自己心爱的女人。而在当今社会中，女人们对婚姻近似绝望的负面情绪，其实更多来自这个时代中，女人们交叉感染看待婚姻的态度。

　　除了那些实事求是的刺耳真言，你究竟有多久没有夸夸自己的老公了？再相爱的恋人，再熟悉的夫妻，我们总是有两个大脑、两个灵魂，很多时候话总要说出来，对方才能懂。

　　想要一个好老公，他需要的只是你的一点点赞许，真心真意。

最好的
婆媳关系，
总是
似近非远，
若即若离

我有个法国朋友 Laure（洛尔），最近婆婆来了，待了3周，她整个人都不好了。

婆婆早上的飞机回法国，她早上7点就发微信召集大家中午吃饭。

吃饭的时候，她居然最晚到，一身的汗，前心贴后背。人还没有坐定，先扬手说："大杯可乐。"

服务生认识她，所以问："零度没有了，健怡可乐行吗？"

她摇头："正常的可乐，加冰加糖加咖啡因，我得缓缓。"

因为今天要坐国际航班，她婆婆从昨天一早就开始收拾东西。箱子收好倒出来，翻来覆去地收了4遍。昨晚9点就上床了，就是为了今天不会起晚。

半夜十二点半，她听见客厅里有声音，吓得魂不附体地把老公推起来去看，她婆婆一个人，把手机打成手电筒的状态，在客厅里转圈。老太太心里有事睡不着，要再看看漏了什么东西，没敢开灯，怕影响他们。

在儿子的劝说下，婆婆终于回去睡下，吃了一颗安定。早上起不来床，足足地睡过了点。紧赶慢赶上了车，让司机拼命往浦东赶。

公婆一走，大门一关，她靠在门上大气一喘，然后去洗了个澡，敷个面膜，走到厨房煮咖啡。这时手机响，是老公："我爸妈的护照忘家里了，快找。"

如果她是一个有显示表的高压锅，肉眼一定看得到压力红线噌噌地往上冒。客房里，两本护照正正地就摆在床头柜的抽屉里。

下着大雨的工作日，让司机折回来拿护照一定是来不及了。老公又来电话，遥控指挥她，坐地铁转磁悬浮比出租车快。

她扒下刚贴上的面膜，换了衣服就奔向地铁站。早上 8 点 15 分，地铁里人挤人，狐臭、头油、屁混着脚丫子的味道，如果这些人都是为了去上班赚钱奔前程，至少还有一个正经的动力。她这算什么，用自己的人生去弥补别人的漏洞？

我们都安慰她，婆婆年龄大了，难免出错。

Laure 很坚定地摇着头："这不是一个意外，结婚 15 年，婆婆一向如此，状况不断。连我老公自己都坚信，他能长这么大，纯属奇迹。"

Nicole（妮可）的年龄比我们都大，今年 55 了。她说："4 年前，我们结婚 25 周年银婚纪念。我家先生问，你想要什么礼物呀？是去南美洲旅行，还是把家里重新装修一遍？

"我说，礼物就是从现在开始，我再也不去你妈家了！你要去，自己去，你妈想来，我不拦着，但是我，姑奶奶再也不会去了。"

说到做到，4 年了，真的没再去过。她老公一开始有点抵触，后来变成举着脚丫子赞成。因为不见面没有冲突，这个男人再也不用左右为难，受两边的夹板气。

Melaine（梅莱涅）的老妈也在中国度假，有次吃饭她带着她妈一起来了。老太太听我们这帮媳妇凑在一起吐槽婆婆，插话说："看看我，我和儿媳妇的关系就非常好，从来没有过争端。"

在我们都安静下来开始听的时候，老太太继续说："那是因为我们从来都不讲话。"

一桌子女人笑翻了天。Melaine 拍着她妈的肩膀说："妈，是她从来都不跟你讲话好不好？"

老太太摇头："上次你哥过生日，她不拉着我说了半天吗？她就是一个性格古怪的人，讲话不讲话，根本不用往心里去。"

其实说起来，Melaine 才是"婆婆杀手"。

当年她婆婆来参加他们的婚礼，在家里小住了几天。做饭的时候，婆婆说："我都用一种硅胶铲子炒菜，不会划伤炒锅，做菜的油也不会渗进铲子里。"

Melaine 摇头说："我都用橄榄木的铲子，木质的感觉，让我拿着顺手。"

此等小事，过去也就算啦。问题是 Melaine 的老公去家乐福采购一周生活所需时，居然买回来一套婆婆说的那种硅胶铲子。

Melaine 抄起铲子就扔垃圾桶里了："这东西留在我家没用。"说完端着咖啡就去客厅了，留下老公和婆婆在厨房里面面相觑。

这么多年过去了，Melaine 自己想想说："这事真心不能怪婆婆，其实都是老公的错。"

也是，有多少婆媳矛盾的罪恶起源，都是那个不会来事的老公。

在法国，媳妇说婆婆，女婿说丈母娘，各种各样的段子一堆一堆的，完全没有我们中华民族尊老的美德。

听了之后，你就会由衷地松一口气——原来自己不是最恶的那一个。

天底下不是中国婆婆特别奇葩，也不是中国媳妇特别难搞，更不是中国儿子特别尿，同时爱着一个男人的两个女人，没有选择地被动捆在一起大半辈子。婆媳关系是全世界最难处理的课题之一，矛盾重重，问题多多。

在我的婚礼上，我妈给我婆婆敬酒说，因为她不常住法国，将来我们生孩子、养孩子，估计就得多靠我婆婆了，她先干为敬。

我妈话还没说完呢，我婆婆马上说："NONONO,我工作了一辈子，终于可以舒舒服服地享受退休生活，我才没有时间给他们看孩子呢。他们俩都是成年人，可以安排自己的生活。想要孩子的话，自己去处理。"

我婆婆这么说，绝对不是因为我们相处得不好，虽然我们没有亲如母女，但是总体也还说得过去。

我怀孕七个半月，卢中瀚到中国出差，一走3周。我婆婆来电话说，她已经把她的行李全都收拾好了，只要我有任何问题，电话打过来，她马上就可以出发坐最近一班火车到巴黎。

因为我一直安然无恙，我婆婆直到我预产期前两天才到巴黎。待了1周，送给思迪一条14K金的手链，织了几件漂亮的小毛衣。

法国婆婆和中国婆婆的用途是不一样的。

法国婆婆不会给你送彩礼，不会给你买房子，不会给你看孩子，反正法国本来也不坐月子，更别说买车、做饭、做家务。儿子已经成年，做母亲的责任已经完成，她们不会担负儿子的生活，更别说跟她无亲无故、没有任何关系的媳妇了。

没有付出，也不会有索取。

法国婆婆不会指望你给她养老，给她解闷，照顾她起居，跟她亲如母女。她是成年人，她有自己的生活，她可以为自己负责。

法国婆婆能做的就是逢年过节给孩子们买个小礼物。放假的时候，请孩子去家里玩两天而已。所以对法国媳妇来说，婆婆就是一个没的选的朋友，处得来就常聚聚，处不来就少见面，但是你绝对无权插嘴干涉我的生活。

可是，在国内更常见的情况是，老公是婆婆养的，房子是婆婆买的，孩子是婆婆在看，月子，婆婆伺候或者不伺候，份子总是要随的。

话语权是个卑躬屈膝爱慕势力的主，出了钱的人总会要指手画脚地出主意。无论是出钱又出力，还是出钱或者出力，既然付出了，就会有索取。婆婆们总会有各种方式直接改变下一辈的生活。有一次我和生了儿子的朋友在聊天，她抱着 4 岁的帅儿子猛亲半天，眼睛亮亮地说："我确认将来我会是个难搞的恶婆婆，谁也别想抢走我的儿子。"

说完她自己也觉得过分，捂着嘴巴笑了半天。

婆媳本是无可调和的天敌，最好的方式就是扩大生活空间，减少实质性接触，我惹不起，我躲得起，转移战斗力。

怨婆婆，怨媳妇，怨儿子，在这个非常微妙的三角关系里面，要学会辩证地看问题。

就算我们是一家人，也不是说非要相亲相爱，相互取悦。

人间烟火，烟熏火燎。上帝也有被熏得流眼泪的时候，这就是人生，痛并快乐着。

爱就是
一起吃到
天荒地老，
瓜滚肚圆

—

很小的时候，我常常在济南的奶奶家和表妹们混在一起。

春天的时候我们最喜欢吃的一种零食就是酱油螺蛳。其实就是炒田螺，不过用济南话说起来就成了"螺蛳儿"。

姑姑说街上做好的螺蛳一定不干净，所以在奶奶家吃螺蛳一定要自己做。

洗田螺是一项漫长而巨大的工程。

买回家来，先用刷子刷洗干净，然后在洗澡盆里用清水浸泡一整夜，滴上几滴香喷喷的香油，据说有助于把泥沙吐干净。第二天，再换过几次清水之后，奶奶会戴上老花镜，拿着钳子把一颗一颗的螺蛳屁股剪掉，一澡盆的螺蛳，足够剪一下午了。

有一天中午，姑姑们炒了好大一锅酱油螺蛳。酱香鲜美，好吃得要掉舌头。我兴奋不已，找了一个糖水罐头的大口玻璃瓶子，盛了满满一瓶，从屋里跑到院子里，找了个没人的犄角旮旯准备享用我的美味。一转头，比我小2岁的表妹，也捧着一罐子螺蛳，跟在我后面跑来。

我们两个倚着墙根坐下，一边用针挑螺蛳肉，一边还把满是酱油汤的空螺蛳壳吸干净。吃得正开心，突然表妹停了下来，看着我无比担心地说："姐姐坏了，你的嘴唇都白了。"

那个时候，表妹顶多也就5岁，她并不知道嘴唇白是因为吃了太多盐，嘴唇被腌白了。7岁的我一点也不担心，看着她说："还说我，你的也白了。"

我们面对面哈哈大笑。其实我们两个早已都渴得不行了，就是在硬撑。我们捧着还有好多螺蛳的罐子回奶奶家，咕噜咕噜地喝了一肚子水。

每年春天，姑姑们都会做几次酱油螺蛳，30多年过去了，只有这次印象深刻。

食物连着胃，味蕾连着心，美食是应该被分享的，分享之后的快乐，会被时间封印成琥珀，生生世世，不可磨灭。

二

我这辈子吃过的最美味的鸡，是一只冰冻的酱油鸡。

初到南法的那年冬天，有一天我和倩姐不约而同地逃课。我们在我的房间里聊了整个上午。初到异国的迷茫、不安和恐惧，让我们越来越冷，蜷在外套里，心和胃都空虚。倩姐突然说："走，去我房间，我有一只鸡。"

一只巨大的冻成一团的肉食鸡。我们用热水泡了泡，化不开，等不及了，我们两个轮番上阵，把冻鸡大卸八块。

倩姐主勺，油烧热了先炒糖，炒成焦糖色，放鸡块进去翻炒。鸡块还冻着，遇热化出很多水来，热油喷溅得到处都是。没有调味料，连根菜叶也没有，只有酱油，加了很多水，让鸡在酱油汤里慢慢地炖熟。

等着的时候，香气慢慢溢了出来，在10平方米的小房间里转了个圈，撞上冰冰的窗户变成了水汽。虽然肉食鸡是法国超市里最便宜的肉制品，但是从夏末到了法国，我就没有吃过整鸡了。我暗暗咽着口水，一本正经地假装和倩姐聊天。倩姐蒸了米饭，白米饭的香气和炖鸡的香气在空中无休无止地暧昧纠缠，让夹在中间的我们欲火攻心，坐卧不安。

不知道等了多久，恍然地老天荒。倩姐再一次翻了翻咕嘟咕嘟小火炖着的鸡，然后说："好了。"碗早就摆好了，我用最快的速度盛了冒了尖的米饭。

我们两个人如狼似虎地吃完了一整只鸡，一整锅米饭，喝干了最后一滴酱油汤。我用手抹了一把油光光的脸，拍着肚子，瓜滚肚圆。

17 年后的夏天，我们在倩姐南法的家里吃饭。

倩姐家的花园很大，种了味道清冽的雪松和薰衣草。玫瑰色的晚霞把游泳池映得金光闪闪，知了和蛐蛐默契地合奏着"仲夏夜之歌"。

倩姐煎了法式肥鸭胸，调了薰衣草蜂蜜配意大利黑醋的蜜汁。我们喝着南法特色粉色葡萄酒，冰过的粉色葡萄酒瓶子在夏夜中蒙着一层水汽。

我们已经 5 年没有见面了，可是感觉还是熟悉得一如既往。时光如水，流淌过后，毫无印记。

我还认识了很多很多我喜欢也值得交往的人，我还吃过很多很多美味不自持的鸡，我却再也找不到另一个能和我分享那只酱油鸡的人。

朋友在人品之外也要论时机和缘分。

三

7 月上海闷热的黄梅天。孩子放假了，我请了她们的朋友来家玩。一整天一屋子上蹿下跳的熊孩子，我的工作是：做饭，倒水，切水果，做甜点，收拾烂摊子，寻找新节目兼调解和救火。

熬到下午，小朋友都被父母接回去了。我又带着思迪去了牙科诊所。小丫头快 7 岁了开始换第一颗牙。乳牙没掉，恒牙从后面长出来了，白森森并排两颗牙，令人胆战心惊。

牙医非常不屑地看了看，觉得我就是没有文化的乡下母亲，问我说："换牙，你没听说过吗？门牙都是从旁边长出来的，你不记得吗？"

从牙科诊所出来，下班的时段打不到车，顶着40℃的高温拖着思迪去坐地铁。

下地铁到家一共300米，每抬一步都这么艰难。上海整个就是桑拿房，空气沉得无法喘息。在如此湿热的天气，我觉得我需要吃点又辣又咸又热的东西，给我一点刺激，让我可以大汗淋漓。

我自己做了一个卢璐式酸辣汤。

半锅清水加半块鸡汤块，一点虾皮，一大汤勺老干妈，半汤勺醋，等水开的工夫，拿着胡椒研磨器狠狠地研磨了一分钟的胡椒，水开了打了个鸡蛋，关火，放香葱香菜末。

倒出来有一大海碗，够辣，够酸，够咸，够热，还飘着我最爱的香菜的味道，我握着汤匙在热气中慢慢地喝，喝得汗流浃背，鼻涕眼泪一起流。

卢中瀚在我对面，吃着挪威烟熏三文鱼，瑞士gruyere（格鲁耶尔）奶酪配芝麻菜和牛油果的沙拉，吃完又吃了我中午给孩子们做的没吃完的华夫饼，配我做的杏子果酱，他统统都吃完了，喝了一杯冰水之后，我的酸辣汤还剩三分之一。

我们用了很久才明白：

在一段爱情中，我爱的是你，你爱的是我，我们根本就没有爱上同一个人。

在一段感情中，我们相爱，就是因为爱上彼此的不同，而不是彼此同化消融。

味蕾是比心更有情结的地方。天伦之乐，人间烟火，凑在一起惬意地吃，拼在一起就是幸福。

四

这个世界上有两个把吃上升到文化的国家，中国和法国。吃成了高于一切的仪式。

跟领导哭诉，半夜加班到凌晨。领导会微微一笑："年轻的时候，精力充沛，觉可以再补。"

还是哭诉，工作太急，饭都来不及吃。稳如泰山的领导立马自己掏钱恩赐个盒饭，保不齐还给加个鸡腿。

在中国，到一起就要吃，永远都是吃，变着花样地吃，吃是一种分享，也是一种欢愉。其实，在一个充满爱的家里，做是比吃更温馨的环节。

家庭聚会，姑姑婶子们常常从一早就开始做。菜要早上刚摘的，带着露水的，虾要活的，鱼要活的，一样一样切成小块，要先炒蛋，洗锅再炒番茄，洗锅再合炒。

那些最私密、最紧要的话，是在烟熏火燎的时候，混着下了锅爆炒的花椒生姜的香气悄悄说的。

在法国亦如此。

法式家庭聚餐，常常从晚上 7 点吃到凌晨。

法餐要分道上。开胃酒配开胃菜，前菜，主菜，奶酪，甜点，最后再来点助消化的烈酒或者安神的花茶配精美的巧克力加糖果。

数数也不过就 6 道而已，吃这么久，常常是因为菜没准备好。一道吃完了，收了盘子再做下一道。越熟悉的朋友，准备越少，等客人来了，大家一起动手做，摆盘子，切面包，涂肉酱，开葡萄酒，洗沙拉，开生蚝。

活色生香还是冷冷清清，厨房才是一个家的灵魂。

其实无论糙米粗面，还是松露鹅肝，但凡入了口的东西，总要成粪土。可是人类是社会型动物，需要在一起才觉得安心而温暖。

一人食为了维系生命。

一起食为了拼接幸福。

爱就是一起吃好多好多好多顿饭，吃到天荒地老、瓜滚肚圆。

是时候了，放下手机，关掉电视，和自己爱的那个人，好好吃一顿饭。

想和谁，
一起走过
万水千山

打开朋友圈，这年头好像没有人住在家里，人人都在旅行。9 张一组的照片，大把大把的食物，大套大套的酒店，星星点点的风景。让我心痛的是我的流量，就这么稀里哗啦地流走了。

我认识一个人，去过如下的国家：中国，法国，越南，新加坡，泰国，新西兰，印度尼西亚，美国，芬兰，马尔代夫，斯里兰卡，菲律宾和马来西亚。

13 个国家。

然后这 13 个国家，都是在 8 年内去的，而且有些国家去了不止一次，譬如泰国去了 3 次，马来西亚 2 次。

真是个爱旅行的人。

这个人，就是我的女儿思迪，属牛，现在 8 岁半。

我的小女儿子觅去的地方少一点，只去过中国、法国、新西兰、泰国、印度尼西亚、美国、斯里兰卡、菲律宾和马来西亚。不过要知道，小人儿现在只有 5 岁半的话，这也算是个不少的数目了。

按照比较流行的话来说："我是一个带着孩子去旅行的辣妈。"

可身为"辣妈"的我，一直没明白为什么"带着孩子去旅行"，在国内可以成为一个讨论性的教育话题。更让我想不明白的是，这怎么能延展成一个商业话题。

度娘上搜搜，上百万个网页在铿锵有力地陈述着为什么要带孩子去旅游。可是身为父母，我不明白，有什么可以把孩子丢在家里的理由？

我也不明白，现在为什么那么多人出门旅游，首选朋友？

对初出茅庐的青年人，没有牵挂，没有钱，要拼饭拼车拼酒店，和朋友一起去，省钱又热闹，朋友是理想的选择。

可是为什么那么多已经结了婚，甚至有了孩子的人，还是乐颠颠地一个人跑去和朋友旅行？

我想，对现代社会来说，我是一个落伍的人。

因为在我已经去过的 32 个国家、300 多个城市里面，除去曾因为工作关系出差去过几个城市，我永远在和家人一起旅行。

小时候，和父母；大了，和恋人；结婚之后，和先生；有了孩子，全家一起走，有时候还会带着父母。

偶尔，朋友之间会组织家庭式旅行。两三家一起去一个目的地，但是结构松散，没有共同的行程，甚至不一定住同一家酒店。合适的时候一起玩一天，不合适的时候，各自躲在各自的酒店抱怨。

我从来没有想过，把在工作中焦头烂额的先生放在家里，把伸手喊妈妈的女儿们放在家里，自己装上一箱美美的衣服，步履轻快地出发。

幸运的是，我的先生从来没有说过：你自己去，我要在家等领导的电话。他宁愿假期前、假期后，连轴转着加班，也要和我们同行。

于是每一次旅行，我们都是倾巢而出。他提行李，我推着孩子。机场里，公路上，大多数步履轻松的旅行者，轻盈地从我们旁边擦身而去。而我们却蹒跚慢步，走三步，行李散了，走五步，要换纸尿裤，再走，已经走不动了，要休息。

去香港我们没有去迪士尼，去纽约我们没有去百老汇，去泰国我们没有看人妖，去新西兰我们没有去冰川徒步……

"你们去干吗了？"旅行回来，交流心得的时候，我常常被这样问。

"我们只是去旅行。"我总是在一片白眼中淡淡地回应。因为我们站的位置不同，所以我们看到的部分，也不同。

大概在中学的时候，我意识到这一辈子，我成不了英国王妃，成不了超级名模，成不了好莱坞明星，成不了政治领袖，成不了发明家，成不了武林盟主……如果真有一天世界毁灭，那个唯一的幸存者，估计也不会是我。

"我是谁？我从哪里来？我来做什么？我能做什么？我要去哪里？"这是少年的恐慌和焦虑。

在成人眼中，这些都不过是无病呻吟，苍白的忧郁。因为世事纷扰，成年人已经忘记来时走过的一路荆棘。

既然我已经注定不过是芸芸众生中的一粒芥子，那么我的人生之中，最重要的东西又是什么呢？

我觉得，一生中重要的，不仅仅是钱，不仅仅是物，不仅仅是名，更不仅仅是利。

举头仰望，北京城里，一代一代君王故去，可是整座拥有九千九百九十九间半房子的紫禁城，在瑰丽的朝霞中间，还是一样寂然屹立。

一生中最重要的是我的回忆。时间是一辆永不停留、永远向前的列车，一生尽头，我可以带走的，也只有我自己的回忆。

不是我不想和闺密去旅行，可是一年就只有寥寥几天的年假；银行账户里面，数字后面，就只有寥寥几个零。在时间允许和经济允许的双重条件下，出门旅行，大多数的时候，家人朋友我只能选择其一。

　　我，要和我的家人一起去旅行，一起去发现和织造属于我们的回忆。然后等到很多很多很多年以后，在周日午后的花园里面，吃着午餐争论，当时的情景。是对是错，记得清楚，还是记不清楚，真的是无所谓，重要的是我们拥有共同的回忆。

　　弗洛伊德说过，人会记得一生中所有经历过的细节，我们忘掉的只是找到它们的线索。而一次一次的旅行走下来，总有一些片段会深刻在脑海里，不用找也不会忘记。

　　譬如，我会记得：

　　和卢中瀚第一次出国旅行，是去埃及。

　　我们去看金字塔灯光表演秀。晚上的金字塔比白天看起来更加雄伟。茫茫的暗夜中，只有寥寥几盏射灯，勾勒出金字塔和狮身人面像的轮廓。

　　散场的时候，等所有人都走了，我们在静夜中空旷的沙漠边上膜拜金字塔，几千年如水一样流过。在它面前，时间算什么？如果永远也曾有一个开始，在这个地球上还有什么，能够比金字塔更有资格证明永恒？

　　卢中瀚从背后静静地环抱着我，没有言语，因为我们在想着同一件事情："我们想要的不过是一个瞬间，仅仅几十年的爱情。"

　　譬如，我会记得：

　　思迪 1 岁生日那天，我们预计在下龙湾的游船上过夜。我提前通知了船家，船家送了一个生日蛋糕。我给思迪穿上带了一路的大蓬蓬纱公主裙。晚餐的时候，当插了一根蜡烛的生日蛋糕被端过来，全船人一起围着她唱生日歌。1岁的小姑娘并不知道到底发生了什么，但是她明白今天她是绝对的主角。跳跃的烛光映着她大大的眼睛，晶莹得令人晕眩。1岁的小姑娘仰着头，优雅地伸出手向众人致意。那一副自然流露的女王范儿，让妈妈情何以堪？

譬如，我还会记得：

在马来西亚我们要坐船上岛。船是上了年纪，破破的渔船。那天有风，浪很大。破船加足马力，在海上飞。每次冲到浪上，然后再活活地从浪尖上掉下来，一跳一跳的。海水溅起来，所有人从头湿到脚。

开始5分钟，大家都觉得这是个挺好玩的游戏，满船的人都在笑。船开了10分钟之后，岛终究还只是一个天边淡淡的影子，浪更加大起来，游戏开始让人心惊，气氛开始凝固了起来。一船十几个人中，只有最小的子觅，在卢中瀚的怀里坐得直直的，攥着小拳头，每次船冲到浪尖上开始往下掉的时候，她就扬起两个小拳头举过头顶，迎着风尽情大喊："Oh, yes, yes。"

她可爱的样子感染了所有人，大家都笑了起来。气氛缓和了不少，不知不觉就到了岸边。

旅行是一个现实版的情景游戏，无论是对成人还是孩子，都要面对各种各样的情况，各种各样的挑战。

我们一起去，一起看，一起吃，一起喝，一起迷路，一起受骗，一起生病，一起赶飞机，一起和外人理论……就是这一个一个的"一起"，把我们连在一起，无法分离。

请不要说，别带孩子，因为孩子不会有记忆。

我们在菲律宾的沙滩上挖沙子的时候，4岁半的思迪突然说，"妈妈你记得吗？我小时候在一个岛上，我们挖了好多好多的白色的贝壳，后来我们把它们吃掉了。"

我大惊，这是思迪2岁半在马尔代夫的情景。我们把挖出来的一小桶贝壳送到酒店餐厅。厨师长非常喜欢思迪，晚餐的时候特意做好，亲自捧着盖着亮亮银盖子的大盘子，一桌一桌地找过来，送给我们尝鲜。周围的客人都跑过来，厨师长骄傲地给大家说："贝壳是小姑娘挖的，没她的允许，谁也不可以吃。"

请不要说，别带孩子，因为孩子只会添麻烦。

子觅刚刚2岁的时候，我们去了佛罗里达大沼泽公园。我们在公园里面待了整整一天，看到了各式各样的动物。我们甚至看到了一只象征美国的白头鹰，但是我们一直没有看到鳄鱼。能不能看到野生鳄鱼，全凭运气。其实鳄鱼也怕人，游人多的时候，它会躲起来。

我们坐了那天最晚的一班观光船，回到码头时已近傍晚。等我们终于整理好自己和两个娃娃，可以出发的时候，所有人都走光了。

我们开车走人，刚开了 50 米，子觅喊："我要尿尿。"

吹胡子瞪眼是没有用的，到当晚订好的酒店，还有 100 多英里^①的路，孩子是不可能憋那么久的。重新停车，我下车，解开儿童座椅安全带，把子觅从车里抱出来，步行 30 米去最近的洗手间。我在做这一切的时候，卢中瀚也下了车，他一直在湖边游荡。不远万里地来了，没有看到野生的鳄鱼，我知道他有点遗憾。

子觅，准确地说，尿了 3 滴，就说好了。我气得眼冒金星。给她擦好屁股，穿好衣服，洗好手，再把她从洗手间抱出来，就看见卢中瀚正快步跑到车里面，把思迪的安全带解下来，带她跑去湖边。他转头看见了我，远远地做了别出声的动作。

我抱着子觅走到湖边，大概离岸边两米远，几乎触手可及的地方，有一条鳄鱼浮在水面上。自然的伪装真是惟妙惟肖，不仔细看的话，那真的就是一截深棕色的树干。那是一条很大的鳄鱼，我们对峙了几分钟，它缓缓地甩过尾巴，一溜烟儿，沉到了湖底。

思迪说："幸好子觅要假装尿尿，否则我们就错过了鳄鱼的再见。"

旅行是我喜欢做的事情。其实旅行是一个看起来很美，听起来开心，想起来惬意，但是走起来，却劳心劳力的工程。

不是别的地方的东西都好吃；

不是名声赫赫的风景都迷人；

---

① 1 英里约等于 1.609 千米。

不是每个路人甲都只想着害人……

所谓的孩子小，老人老，老公枯燥，老婆唠叨，工作忙，机票贵，时间少，不会说英语……这些只是借口，不是理由。

旅行，旅行，是要怎样"行"？和谁"行"？

"游手好闲，走马观花"，这就是我的旅行宗旨。大多数时候，走在路上，只不过想牵着你的手，陪在你身边，和你一起慢慢地行。

一个普通人的婚姻大抵就是这样的：

永远在后悔，绝对不放弃，斗争到底，纠缠不息，

最最重要的那个根本是，你永远在这里。

和你在一起，
我忘记了分离

讲真，
没有那个
对的人

在国内的时候，我就已经知道马克和薇安分手了。

万里之外，我当时说："也好，与其被锁在死胡同里团团撞墙，不如各走各路，各自幸福。"

然而回到法国，朋友聚会，过去是一对的还是一对，过去是单身的还是单身，马克是自己来的，斜披着他那件旧旧的沉重无比的机车皮衣。我见了他，眼眶有点酸，几许枉然的伤感，差点问出"薇安在哪里？"这种白痴问题。

马克是我见的卢中瀚的第一个朋友。

我刚和卢中瀚在一起，来巴黎，卢中瀚去里昂站接我说："走，我带你去见一个人。"

晚上十点半，我们到了马克家，薇安也在。那时候他们也开始没多久，仅仅比我们早了几个月。薇安无比热情地接待了我，跟我说了一簸子的话，恨不得把我从地下翻到地上，每根汗毛都打听清楚，而马克则一直坐在沙发里，饶有兴趣地观察着我，不过我能感觉到他的善意。

从此，在我的人生里，有很多和他们连在一起的片段。在我心中，他们不仅仅是朋友，更是生活在巴黎这个冷漠都市的我们的家人和精神慰藉。

我们在一起，不仅仅是互相帮助和安慰，还有很多开怀大笑、欢乐无比的时候；当然也有吹胡子瞪眼、拍桌子讲理的时候。不过更多时候，我们在一起就是为了在一起，少一个都觉得欠缺，总要4个人都在，才觉得安心。

后来，我和卢中瀚修好了他的破房子，结了婚，生了思迪，搬到国内，又生了子觅。世界上长得最快的就是孩子，现在思迪马上就8岁了，子觅5岁了。子觅还可以继续抓着马克的胡子叫他"圣诞老人"，而思迪却已经抱着肩膀，一脸不屑地说："圣诞老人是不存在的。"

然而，马克和薇安一直在原地打转，吵吵闹闹，分分合合。可这一次他们却真的分手了，真的。

我给薇安打了电话，她接到电话兴奋地叫起来。她还是和过去一样热情洋溢，她买了房子，邀请我们去做客。我们去了薇安的家，新的区，新的房子，她买的是底楼，有 200 平方米的花园。花园里的野草长得疯狂，薇安有些尴尬地说："你们知道女人和除草机总有点不搭。"

就算是新房子，也总有些这这那那的小问题。卢中瀚立马挽起袖子，开始调整有点斜的橱柜门和接触不良的电视线。我和薇安一起歪在沙发上，看孩子们的照片和录像。当年我们曾说过，让我们的孩子在一起玩。

法国的天蓝得让人目眩，我们在花园里吃午饭。摆餐具的时候，只有 3 个人，当年的感觉又回来了，少了一个人，心不安。

在薇安去厨房的时候，我坐在凳子上望着她乱七八糟的花园发呆。春天的时候，她种了一棵樱桃树，没几片叶子，细仃仃的，也不知道是死了还是在假装晕眩。卢中瀚感到了我的伤感，伸手抓住我的手，我长叹一口气："这么好的房子，这么好的两个人，为什么明明相爱，可就是不能在一起？"

吃完饭，卢中瀚去看薇安那台常常有奇怪声音的车，我们继续待在花园里喝茶。我小心翼翼地说："我们前天见了马克，他还是老样子，也还单身……"

薇安摇摇头："已经过去了，爱还在可伤得太深。我们和你们不一样，我们都不是那个对的人。"

从南极到北极，从地球到月球，距离再远，道路再艰难，只要迈开腿，总能有走到的那一天。可是这世界上，最远的其实是每个人的心，纵使两个人面对面，伸手也只能再松开。

说到底，让我们不幸福的终极元凶，根本就是自己，太过计较得失，让我们失去了抓住幸福的能力。

我相信每个人都听过这样的故事：

上帝是一个顽皮的孩子。没事的时候，会偷偷溜进堆满了瓷器的库房里，往地上扔瓶子。每个瓶子摔到地上，都裂成了两半，变成一个小男生，和一个小女生。

这本来是一个充满正能量的故事，本意是在告诉我们，在这个世界上，只要有我，就一定有我的另一半。只要能找到那个对的人，我们凹凹凸凸，严丝合缝，然后生活就只剩下幸福。

事实上，这是一个有欺骗性的故事，在不知不觉中，我们被麻痹了自己的神经。这个故事的欺骗性在于它迎合了人类骨子里的懒惰和放任，它让我们以为，我们现在种种不合心意的痛苦根源，都是因为没有找到那个对的人。

如果找到了那个唯一对的人，一切就会轻而易举迎刃而解，势如破竹。既然是天作之合，那就应该没有痛苦，更不需要努力、磨合、让步和妥协。

人海茫茫，没有人知道那个对的人到底长什么样子，到底藏在哪里。我们漫无目的地寻找，四处乱撞。一次一次地尝试，一次一次地失望，他、他、他、他、他……他们都不是对的人。

"我的意中人是个盖世英雄，有一天他会踩着七色云彩来娶我"，变成了存在于自己意念的一个幻想，连自己也不再相信神话的时候，在三更夜醒、月光漫过床头的时候，自己说给自己听。

法国真是一个怀旧的好地方，7 年过去，没有什么变化。

我和卢中瀚去了当年常去的一家餐厅吃饭，坐在过去常坐的桌子旁，点了当年喜欢吃的菜，甚至那个胖胖的黑人领班还在，而且居然连皱纹都没有多长一条。

在时光里面，唯一有变化的是我们两个人，我胖了十几斤，卢中瀚的发际线退后了足有两厘米。我们面对面坐着，时光流转，相对无言。

是开胃酒，打破了我们的沉默。我们碰了碰杯，为了这十几年的时光。

我笑着说："如果，如果我们现在没有幼龄的孩子，没有房子，面对这些年的争吵纠纷，彼此的怨恨和憎恶，在接下来的那许多年，你还愿意和我在一起吗？"

他想了想说："这个问题应该这么问，如果在当年我们知道在接下来的人生中，我们会产生如此大的分歧、争吵、伤害和憎恶，你是否还会选择和我在一起呢？"

然而时间不能倒流，在开始的时候，没有人能知道后续。我们唯一可以确认的是，这个世界上根本不存在一下子就能够严丝合缝地对上的那个人。

今天的地球上，住着七十几亿人，当然我们并不可能适合任何一个人，但是有潜在可能的对的人，总有几千、几万，甚至几十万，绝对不是唯一，从来也不是唯一的。

如果，这个世界上真的存在着那个唯一对的人，那一定是经过了数十年的努力和沉淀，经过无穷尽的磨合与妥协，一捧血一把泪，硬生生把对方磨成彼此的唯一。

在很多时候，选择了这个人，就错过了另外一条路上的风景。但若是心中眷恋着错过的风景，势必也要错失眼前的真情。

临走的时候，我对薇安说："汉语中一个院子加一棵树的意思是困，再种一棵苹果树吧，破掉困住心的桎梏。

"作为爱你的朋友，我想说，重要的不是找不找得到那个对的人，重要的是破除自己的困境。关于人生，这一路走来，怎么走都是错的，但是在千错万错之间，停在原地，止步不前，才是最大的错误。"

丈夫妻子，"驯养"彼此

周末的中午，我们带着孩子去滑冰。

卢中瀚在一条四车道的主干线上开车直行，突然从右面蹿出一辆红色的奔驰，大咧咧地横穿了两个车道，压着黄线，硬硬地从我们前面穿过去，挤到最里面左转的那条车道上。

幸好是卢先生开车，反应比较快，他一边刹车一边把方向盘打到头，勉强斜着穿了出去，没有碰到奔驰车的屁股。

左转车道是红灯，奔驰车挤进队里去，排队等红灯。卢中瀚把车头和奔驰车并齐，把车窗摇下来，用他法语味的英语说："中国是有交规的，你的驾照哪里来的？？？"

天热，奔驰车的车窗本来是开着的，对方看了看我们的小破车，没说话，蔑视地把窗户升起来。卢中瀚急了，在他们的窗户还没有完全升起来时，用中文大喊："傻瓜！"

我一直坐在副驾驶的位置上，把脸努力扭到另一边，紧张到窒息。我觉得，在国内开车，有一天我会心肌梗死。不是被乱开车的无赖气死，而是被卢中瀚吓死。

卢中瀚继续往前开，思迪问："爸爸，你为什么说他是傻瓜？"

卢中瀚说："不遵守规则，他是比傻瓜更可恨的家伙，他应该得到惩罚。幸好今天你妈在车上，要不我就下车跟他们理论了！我们要遵守规则，我们不能容忍任何人践踏规定！"

我一听赶紧转头跟孩子们说："但是最重要的是，我们先要保证自己安全，在保证自己安全的情况下，再去教育别人。"

卢中瀚白了我一眼，没说话，继续开车。

刚认识的时候，我觉得他是一个温柔有耐心的人。有条有理，逻辑分明，把事情掰开揉碎了，娓娓道来。没有想到，他根本是一个炮仗，遇到事情，一下子就爆。好在来得快，去得也快，5分钟，我气还没喘匀呢，他又恢复"温柔"原状了。

我知道我改变不了他，让他遇到事不去吵架；他也知道他改变不了我，轻度迫害幻想症，把人都假想成黑社会，总觉得一言不合，人家就能掏出杆枪来，崩了我。

但是我们在一起足够久了，吵了足够多的架，让我们彼此了解，彼此明白，相互接受，互不干涉，形成了我们之间特有的力量张弛，我们各退一步，给对方留好了台阶，让你上得去，也下得来。就像小王子和狐狸，我们在"驯养"彼此。

我第一次读《小王子》时刚到法国没多久。是一个台湾同学借给我的，一本薄薄的小书，有中英法，三个版本。

当我读到，狐狸慢悠悠地迈着它的步子，优雅地出现在小王子面前，和小王子讨论"驯养"的时候，狐狸给我打开了一个世界的门，那天，我知道狐狸不仅仅是驯养了小王子，也驯养了我。

狐狸要小王子驯养它，并给他解释，所谓"驯养"就是"建立联系"。

因为这个世界上，有千千万万个小男孩，千千万万只狐狸，千千万万朵花，在被驯养之前，对我们来说，都是相同的。只有当我们彼此驯养之后，才能建立起关系，在彼此的世界里面，变成举世无双的一个。

我很爱《小王子》这本书，因为它把深刻的哲理，用铅笔淡彩勾勒了出来。简简单单，暖暖的话，却是犹如木雕般深刻。

其实，婚姻就是一个彼此驯养的过程。

千千万万个人中，千千万万次寻觅，找到那个千真万确对的人。驯养消耗的是时间，所以开始的时候，我们看到的只有相同，相同的态度，相同的观点，相同的价值。但是日复一日，随着驯养的加深，慢慢地我们看到了不同。

在生活中，每个人都戴了太多的面具来粉饰太平。可真正让我们确认彼此，粘在一起，不离不弃的，不是千篇一律的好，却是那些看起来丑陋的真实。

完美是只能远观欣赏的，缺憾才是与众不同、有冲击感的吸引力。

有人给我讲，她和老公形同朽木的婚姻。

她老公是个懒散的技术男，宅，没情趣，回家就玩游戏，不管孩子，不做家务。而且她老公有个让她无法忍受的地方，就是永远在回避问题。

每一次，她说"我想跟你谈谈"，他不是打岔，就是回避，或者不耐烦地把她堵回去，或者对她充耳不闻，置之不理。她觉得结婚才4年，就已经过了一辈子。

我说："男人和女人的思维方式不同。对男人说，我要跟你谈谈，他会有一种被老师叫去办公室的惶恐。也许你应该根据情况，换一种方式尝试？"

她说："我也有我的工作，我要做家务，我要看孩子，我有双份的压力和焦虑，他怎么不能理解我？"

我说："女人在沟通中思考，男人却需要空间独立思考。想要沟通，我们需要找到一种彼此都可以接受的沟通方式，不是吗？"

她说："可是他是个男人啊，为什么做出让步的，总是我？他怎么不会想到，来和我沟通……"

今天的中国女人，是读着琼瑶小说，被父母捧作掌上明珠的玛丽苏公主。长在男权社会中，习惯把男人想成一个主宰，以为男人是天神，什么都会，什么都懂，什么都能处理得好好的，哄着我，宠着我，理解我的付出，珍惜我的感情。

我们对婚姻失望，我们选错了男人，我们摊上蛮横的公婆，我们有个熊孩子……

这个世界是这样冷漠无情，我们有 1001 个恰当理由埋怨伤心，然而我们只有一种幸福的可能，那就是超越委屈，自己从埋怨的旋涡里爬出来，自己掌握自己的人生。

这个故事，与其说小王子驯养了狐狸，不如说狐狸驯养了小王子。

狐狸驯养小王子，但是介于驯养的相互性，狐狸也被小王子驯养。他们建立了联系，成为彼此的唯一。这是一个幸福完美的结局，但是不要忘记，凡事总要有一个人主动，而且总是主动的那个人在掌控全局。

关于婚姻，这世界上最著名的话，是"婚姻是爱情的坟墓"。

因为从爱得死去活来到变成冷言冷语，速度快得仿佛不可逆转。其实在婚姻生活中，女人需要的是支持，男人需要的是理解。我们需要的是不同的东西。

　　爱情可以是一个人无悔无怨的付出，但是婚姻必须是两个人共进共退的同盟。其实，没有人知道那个被锁在城堡顶上、等着王子来拯救的公主，最后到底幸不幸福。

　　婚姻幸福从驯养老公开始，把家变成一块圈养的自留地，开心的时候，头对头一起吃草，生气的时候，聪明的女人，做那只狐狸。慢嗒嗒，悠悠然，却主动出击。

　　婚姻幸福从驯养老公开始，日复一日。我们驯养自己的老公，也被自己的老公驯养。因为一旦被驯养，我们就变成了在这个世界上今生彼此的唯一。

最美好的
婚姻，
不是追
而是等

　　周六的上海，只有7℃，阴冷，有雨。下午的时候，朋友发微信："奶酪火锅？"

　　一呼百应，马上订了10个位子，晚上七点半。

　　朋友们都已经到了。坐下之后，我才发现Jean（让）和Helene（海伦妮）没有来，我问："哎，他们怎么没来呀？"

　　一桌子人都用看外星人的眼神看着我。不管怎么说，我是卢中瀚的老婆，他再不待见我也总要给我个台阶下。卢中瀚说："Helene去参加MaXi-Race（国际越野跑）105公里了。"

　　啊？她真的去了？我惊讶地跳起来，这真是天大的事，怪不得大家都这么看着我。

去年公司派 Jean 常驻中国，当时他们非常犹豫。因为 Jean 的太太 Helene 是一个以跑步为生命的女子。无论风雨，无论春夏，她每天至少要跑 15 到 20 公里，状态好的时候，就直接来个马拉松，轻轻松松。

Helene 从来没有做过职业运动员，只是爱跑。对她来说，饭可以不吃，觉可以不睡，但是不能不跑，只有在奔跑的时候，她才感觉到自己的生命在动。

国内的雾霾，让这个嗜跑如命的人非常害怕。她必须做一个选择，是自己的嗜好还是婚姻？

最后 Helene 还是来了中国。结婚 27 年了，摆在一起太久，他们已经长在一起，同进同出，同爱同骂，相濡以沫，无法分离。

Helene 有一个梦想，她想再跑一场百公里越野赛。

比起 42 公里的马拉松，百公里越野赛更加剧了对选手的体力、精力、耐力、意志力的挑战性。

从发枪的那一刻，一切都要计进时间里，吃饭、喝水、上厕所、睡觉。百公里的山路，对绝大多数人来说，连走可能都走不下来，更别说跑了。要我说，这根本不是锻炼身体，而是在自己虐待自己。

更关键的是，Helene 已经 52 岁了。52 岁挑战百公里越野跑，真的是太疯狂的梦想。

Jean 其实也觉得 Helene 的这个想法太疯狂了，但是在一起太久了，长在了一起，心意相通，没有人比他更懂，她到底有多渴望。

小时候，谁没有过不切实际的梦想，可是长大之后，真正能面对，真正能去担负，真正不肯放弃，拼命坚持到底的，究竟会是哪一个呢？

Jean 一直陪着 Helene 练习，给她鼓励，给她建议。周末的时候，他们或者一起去跑步，或者 Helene 跑、Jean 骑自行车背着补给。

这一次 Helene 去跑越野跑，他们头一天下午从上海出发，4 个小时，Jean 自己开车过去，车顶上架着他的自行车，他要陪她，无论她跑到哪里。

越野赛，早上 4 点到场签到，4 点 45 分开幕式，5 点正式出发。近千名选手，每个人都戴着头灯，在黎明前的夜里，犹如一大群萤火虫，轰一下冲出去。

很冷，下着雨，85% 以上的赛道都是土路，时常还要穿过刺骨的小溪。仅仅 10 公里，Helene 出了意外，踩空了，滑进山溪里。山区的早上，天还没亮，雨大起来，气温大约只有 0℃。电话进了水，Helene 和 Jean 失去了联系。

Jean 是辗转通过一个在赛道上的工作人员，得知 Helene 落水的消息，她换了随身携带的衣服，简单包扎处理之后，继续跑下去。

失去联系之后，他不知道她跑到哪里，落水的时候，划伤严重与否，还有没有其他问题。Jean 唯一能做的就是等。

他只能按照每个打卡点最后关门的时间，去检查 Helene 的打卡时间，知道在多久之前，她跑过这里。估算在多久之后，她可以跑到下一个打卡点，然后他也骑着车子赶过去，期望着也许能相遇。

从早上 5 点到晚上 11 点，18 个小时。54 岁的 Jean，一直等在 0℃的风雨里。

我们给 Jean 发微信："是否有了 Helene 最新的消息？"

他回："根据上个打卡点查到的时间，已经 4 小时 21 分，没有消息。"

我们问："你还好吗？"

54 岁的男人说："我还好，只要能找到她。"

大家一时语结，一桌子结婚十几二十年的中年夫妻，怔了一会儿，有人感慨："C'est beau l'amour（爱情是如此美丽）。"

中间有个朋友说：赛道上总有其他人，Helene 为什么不借个电话打给 Jean，至少让他知道，她还安好？

我说："如果是我的话，我也不会打电话。因为我根本记不得卢中瀚的电话号码。"

这就是婚姻，他立在那里已经太久了，让我已经忘记，原来这是一个有腿的人，不是一个永远都在的物体。

凌晨两点半，Jean 得到 Helene 已经退赛的消息。算起来，从早上 5 点开始，她跑了有 60 到 70 公里距离。

Jean 在夜雨里，骑到那个将会集合所有退赛选手，并转运到市区的打卡点，一直等到第二天清晨，26 个小时之后，Helene 终于下了山。她体温极低，只有 34℃，疲惫，失望，亢奋，难以言语。

早上 9 点半，Jean 发微信给大家报平安：Helene 现在状态稳定，吃了一些东西，正在休息。她很遗憾，出了意外，没能坚持到底。她会继续锻炼，明年继续。

我们惊讶地问 Jean："你呢？经过这一次，你还要她跑吗？"

Jean 说："只要她想跑，我就会去等。有我在等，她才会跑得安心。"

我去书房找卢中瀚，他正头冒青烟地给我修复 iTunes 的问题。我和电脑系统前世一定结下过比山还高的梁子，常常我根本什么也没做，可是系统就给我装死，黑屏，没有反应。

我告诉他，Jean 已经找到 Helene，他点头表示知道。

我不想走，继续感叹："原来爱情就是这样不言不语地默默支持，我回头，你永远在这里。你说，要是我有一天……"

卢中瀚打断了我的玫瑰鸳鸯泡泡梦："你苹果商店注册时，用的哪一张银行卡？"

"你的卡，"我继续做梦，"原来婚姻就是，明明知道这是件疯狂的事情，你还是和我一起一意孤行。你说……"

他又一次打断了我："你把我最新的卡放哪里了，这张过期了。"

这个男人怎么这么没有情调？就在我觉得我的头上要冒烟的时候，卢中瀚抬起头笑笑说："好了，都搞好了，顺便把你上次要的那个 App 也装进 iPad 里面去？"

"App？哪个 App？"我根本想不起来，我曾经居然还要过什么 App？我凑过头去看，原来是有一次我看朋友 iPad 里有一个有趣的 App，名字没记住，回来给他说了一句，没想到被他记在心里了。

我们以为盛大的婚礼后面，是更为精彩的生活，男欢女爱，如胶似漆，琴瑟之好，幸福无比。

其实在瞩目的婚礼后面，是生活，柴米油盐，鸡毛蒜皮，你让我疼，我让你更疼，生命不止，战斗不息。

结婚 10 年以上的人，有谁没有过针锋相对，唇枪舌剑？有谁没有过失望和悲哀，有谁没有想到过放弃？

婚姻的幻想总是，慢慢地走，好好地爱，看着一路的风景，记下这一辈子的浪漫。

婚姻的日常终是，快马加鞭地跑，力大如牛地驮，不惜余力地扯，针尖对麦芒地疯吵，尖酸刻薄地指责。

婚姻的状态常是，让步、妥协、容忍，以及一团乱七八糟的剪不断的情绪，确实无法隔分的相濡以沫。

婚姻的真谛却是，根本无所谓好坏，得失，什么都不重要，只要是你，我们不离不弃。

在婚姻里，最爱你的那个人，不是在你疲惫不堪的时候，哭哭啼啼地说你对他没有足够的关注；不是在你忙疯了的时候，横眉冷对地抱怨你对他缺少照顾；不是在你全力以赴地准备搏击的时候说："我为你好，你一定会输。"……

最爱你的那个人，总是站在灯火阑珊处，每一次的蓦然回首，总能看得到他，他总是在那里。

这就是婚姻，有爱有怨，风雨兼程。

祝天下有情人终成眷属，直至白发千古！

男人最怕的
不是付出，
而是说不清楚

我们有一个朋友，章林，最近春风得意。春节前刚在上海买了房子，3月又换了新工作。4月是他老婆阿眉40岁的大生日，他热情高涨，一心想搞个大惊喜。

他背着阿眉拉了个群，把我们都拉进去，一起准备生日派对。惊喜的重头戏，是他托人在法国买的CHAUMET（尚美巴黎）镶钻Liens（缘系·一生）系列的戒指。他说，无论何时何地，只要走到CHAUMET柜台，阿眉总是流连忘返。这次见到戒指，她一定会高兴得落泪。

生日会头一天晚上，章林如临大敌地在群里确认每一个细节。有人去取蛋糕，有人去取花，有人负责把阿眉引到生日现场，更有几个人负责摄影跟拍……面面俱到，样样精细。

我不知道群里其他人的老婆有何反应，反正讨论结束之后，我噼里啪啦地把卢中瀚"提携"了一通。他自知理亏，一味看电视，背过身去不理我。

　　第二天一切都像章林预计的那样，大家配合到位。切了蛋糕，章林捧上了他精心准备的惊喜。为了渲染气氛，他把戒指包了几层盒子，拿出来的是一个类似字典那么大的盒子。在大家的见证下，阿眉开始拆礼物，一层又一层。

　　拆到第三层的时候，已经可以判断出，里面是个小小的珠宝盒。不知道为什么，我觉得阿眉的眼睛里，附上一层失望的雾气。

　　最后拆出来那枚戒指，在众人的鼓掌、欢笑和尖叫声里，章林把戒指戴到了阿眉手上，可是阿眉不但没有流下幸福的泪水，反而表情还有点木，看了看周围的朋友，勉强地挤出一丝笑容。

　　这时候，旁边有服务生"砰"的一声开了香槟，大家都去喝香槟、吃蛋糕。快节奏的音乐响起来，全场都开始跳舞。

　　站了一晚上，我坐在沙发上休息。一会儿，阿眉也过来休息。干坐着有点尴尬，我开口打破沉默：

　　"阿眉，戒指真的好漂亮啊，我也喜欢很久了，一直都舍不得买。"

　　她说："花那么多钱买个戒指，再不漂亮，真要撞死了。"

　　哎，这话音不对呀？听着好像不高兴。我问："怎么啦？不喜欢吗？章林说你最爱 CHAUMET 了。"

女人和男人不同，女人需要通过倾诉排解自己的情绪。我这一问，打开了阿眉的话匣子。

阿眉跟我讲，她的确很喜欢 CHAUMET 的戒指。可是他们为了买房子，把所有的积蓄、贷款以及爹妈的钱都用上了。现在终于拿到了钥匙，他们要赶快装修，搬进去。装修又是一大笔开销，拖一个月就是一个月的房租。每月的房租加房贷，真心压得她喘不过气来。

她苦笑着说："哪个女人不喜欢奢侈品啊？一年前，或者几年后，他送我这枚戒指，我都会高兴死了。可是现在，我宁愿用这几万块钱去铺地板。"

我说："你怎么没跟他说呢？"

阿眉说："我们一起过日子，家里的情况，他也很清楚啊，还用我说吗？"

我只能囫囵地安慰她说："章林真的花了好大的精力，组织生日会，还买这么贵的戒指送给你，那都是因为他真心爱你，想让你高兴，别辜负了他的好意。"

阿眉在暗影中转着她的戒指，半晌不语，然后长长地叹了口气。

我也从心里往外叹了口气，这不就是现实版《麦琪的礼物》吗？欧·亨利仅仅写了个短篇，就戛然而止，留下了五分的遗憾，五分的憧憬，和对爱情十分的赞美。可问题在于，在现实中，生活总还要继续。摘下玫瑰色的眼镜，才发现世界原来斑斑驳驳，疮痍遍野。

如果我是个幻想爱情的女孩子，我一定觉得悲哀，阿眉也忒俗气了，一个永生永世的爱情信物，怎么能和铺地板相提并论呢？人生总要有些形而上的东西，值得去追寻！

可是我是拉着两个孩子的家庭妇女，我打心眼里明白，她心里的焦虑和压力。结婚为了一辈子，在连气都喘不匀的岁月里，那些华而不实的"确幸"，都可以暂时忽略不计。

这就是爱情与面包的距离，我们可以不服气，以卵击石，可是最后破碎的总是自己的婚姻，鸡毛满地。

这种出力不讨好的事情，我们家卢中瀚也做过。就别说送礼物这等检验情商的大事了，在日常生活中，我们两个人也常常是鸡同鸭讲，不停地碰壁。

譬如出门吃饭，我问他："你想吃中餐还是吃比萨？"他说："我想吃比萨。"我会失望，他明明知道我不爱吃比萨的。这个男人有点自私！

譬如买衣服，我问他："我穿绿色的好看，还是白色的好看？"他说："绿色显得老，白色的好看。"真可恨，我是想让他说："两条都买，你换着穿！"这个男人有点吝啬！

譬如我抱怨："我们都很久没有出去了。我每天都闷在家写文章，看孩子，粗茶淡饭，日子过得真没劲！"他会说："我们周日吃比萨，上周二还去吃了日料，哪有天天待在家里？"真讨厌，我当然还没有老到失忆，我只是想让他说："老婆大人辛苦了，过来抱抱。"让他给我 5 分钟的私密时间。

我发现，我和卢中瀚最大的不同在于：

我回答问题，总是一个推断的结果。我会想到他的喜好，我的意愿，孩子们的要求……把所有的条件加减乘除之后，得到一个我自己觉得在情在理的答案。

而卢中瀚回答问题，就仅仅在回答那个问题。他从来不会去联想到其他问题。

有一次，我又问他："你想吃中餐还是吃比萨？"他又说："比萨。"

我忍无可忍："你明知道我不喜欢吃比萨，你为什么总是选比萨？"

他一脸不解地说："你问我，我想吃什么。你又没有问我，知不知道你喜欢吃什么。"

"可是……"

但从此在这个问题上，卢先生终于长了点心眼。我再问他："你想吃中餐还是吃比萨？"

他会说："我想吃比萨。那你想吃什么？"

全天下的女人，都有一个共同的心思，就是："我不说，我偏不说，你爱我，你就该知道！"

如果你不知道，那是你根本没有把我放在心里，根本没有花时间，也没有花精力，仔仔细细去研考。一个不肯用心的男人，还留着做什么？一个不肯用心的男人，就是压根没有爱过我。

在日复一日的婚姻中，比爱情更重要的是沟通。比沟通更重要的是沟通的方式。碰壁了 10 年，话是开心锁，关键是要找对那把正确的钥匙！

现在我对卢先生的说话方式是这样的：

我吃中餐！

我想买那两条裙子！

我要你陪着我！

我喜欢某样东西，可以做礼物！

不浪漫，不矜持，不扭捏，简单，粗暴，言简意赅，但是避免吵架，增加效率。

这个世界上最可悲的婚姻，根本不是出轨、出柜，分孩子、分财产，看着昔日的爱情渐渐死了，变成路人。

而是我全心全意地爱着你，我倾尽所有，用尽全力，我给了你全世界，然而却没有一样可你心的东西。我们面对面，我们拼命地喊，我们都听得到，但是我们听不懂。

想要婚姻幸福，语言是一种最关键的要素。

不是英语、法语、意大利语或者汉语，而是两个人自己的语言，我们心意相通、同心协力。

世上有多少婚姻，都输给了界限感

艾岚和老公大鹏是大学同学，恋爱几年结婚，感情非常好。

大鹏的家庭条件不错。他老爸有个公司，常年在外地做工程，老了把公司卖了，但又被别的公司聘作顾问。他老妈退休前是小学语文老师，安静而知性，还做得一手好菜。

艾岚的家庭条件也不差。艾岚有个哥哥，定居美国，给艾岚的父母办了移民。

艾岚和大鹏结婚，大鹏的父母给他们买了精装的房子，艾岚的父母给配了电器，送了台好车。两个人蜜月旅行去了美国，开着车从美西一直玩到美东，玫瑰色人生，幸福得冒泡泡。

可是这世界上哪有一帆风顺的人生啊？一般爬到顶峰，就是开始走下坡路的时候，只是当时我们还没有觉察到而已。

结婚一年，艾岚怀孕了。艾岚妈妈在美国，照顾孩子的任务就落到了婆婆身上。听到这喜讯，婆婆喜出望外，第二天就从老家，拖着箱子来了。

婆婆来了，家里一下子就有了过日子的感觉。每天回家，都有婆婆精心准备的饭菜，荤素搭配，都是大鹏爱吃的。

婆婆把屋子打扫得干干净净，连浴室里有点发黑的瓷砖缝，都被仔仔细细地用牙膏涂白了；家里各处都摆上了花花草草。餐桌被婆婆铺上了蓝白格子的麻质桌布，买了玻璃花瓶，有时是一枝香水百合，有时是一簇鲜艳的大丽菊。

自从婆婆来了之后，艾岚在家里的地位直线下降，常常被大鹏嫌弃："你看看我妈，你看看你？""你能不能跟我妈学学？"

艾岚觉得委屈，张口却又咽了回去，就做老婆持家有道来说，自己和婆婆真的不是一个等级的。

可是那种被老公嫌弃的感觉，让艾岚心中有了芥蒂，她不想在分娩之前开始休假，待在家里和婆婆两个人面面相觑。

艾岚坚持去工作，大肚子重心不稳，上班滑了一跤，早产了。一个男孩，母子平安，但是艾岚早产受了惊吓，生完了却没有奶。

儿子从保温箱里抱回家的时候，只有 4 斤半，那么小，那么弱。艾岚第一次当妈妈，面对着哇哇乱叫的儿子，她手足无措。

是婆婆把孙子抱了起来，轻轻摇晃，给他冲了瓶奶粉，慢慢地喂着他喝。婆婆带着孙子睡觉，给他洗澡，讲故事，换尿布，出门晒太阳。

小宝 3 个月的时候，有一天婆婆出门走亲戚，回家晚了，小宝醒了哭闹。艾岚抱着儿子，用尽所有办法，小宝都只是哭得更加剧烈。

终于等到婆婆回家，伸手接过去，小宝一下子就感到自己等的人终于回来了，先是委屈得更加剧烈地大哭了几秒钟，然后马上变成了心安的哼哼，再然后就整个人一下子放松了，昏睡过去。睡的时候小手紧紧抓住婆婆的胳膊，生怕她再放下他。

艾岚目瞪口呆地站在旁边看着这一幕，她突然明白，在她的亲儿子心里，她已经被婆婆代替，儿子已经把婆婆当作自己的妈。

晚上大鹏回来，艾岚忧心忡忡地跟他说了她的顾虑。大鹏觉得这个根本就是无稽之谈，血缘是无可代替的，你生的他，你就是他妈，这有什么可疑虑的？

大鹏铁青着脸跟艾岚说："妈这么大年纪了，来照顾我们，把孩子带得这么好，孩子跟她亲，那是我们的福气！你要谢谢妈，不要再说妈不好了。"

艾岚争辩说："我也可以带，可是每次我要抱孩子，你妈就焦躁不安，想办法给我要回去。可我才是孩子妈！"

大鹏说："你还有两周就上班了，孩子身边总要有个自己的家人啊。孩子和奶奶亲有什么问题呢？"

那天晚上，是他们结婚之后第一次吵得这么凶。原来大鹏都让着艾岚，可是这一次不一样，艾岚终于明白，原来婆婆才是他那个不可触碰的软肋，她只不过是不算事的毛毛雨。

这次大鹏坚决不让步的原因是，他觉得气愤无比，老妈倒贴着钱，出这些力，给自己帮忙看孩子；老妈没嫌弃在家享清福的老婆，老婆居然嫌弃任劳任怨的老妈，这女人到底讲不讲理？！

他们吵了一晚上。早上起来，艾岚碰到抱着儿子在客厅里转悠的婆婆，婆婆看着她哭了一夜的桃子眼，不言不语，冷笑了一下，转过头去。

两周后，艾岚产假结束，艾岚提出让婆婆回去，自己辞职在家带孩子。大鹏和婆婆都坚决不同意，于是，艾岚回到公司上班，婆婆继续在家带孩子。慢慢地，艾岚再也不想回家了，那不是她的家。婆婆已经鸠占鹊巢，霸占了她的家。

其实，从婆婆来的那天起，这个家的女主人，就已经不再是她。房子是婆婆买的，里面住着婆婆心爱的两个男人——她的儿子和孙子，那是婆婆给自己营造的幸福生活，艾岚只不过被选中，贡献了一个子宫，而已。

儿子现在已经2岁了，跟奶奶最亲，每天屁颠屁颠地跟着奶奶乱跑，由奶奶抱着睡觉。

艾岚和大鹏的婚姻，陷进了一个有魔力的怪圈：艾岚越怨恨婆婆，大鹏越内疚；大鹏和婆婆关系越亲密，艾岚离得越远。他们跌进了冰点。家里如冰窟，没有言语，枕戈待旦。

艾岚已经让哥哥帮她咨询了赴美的手续，但是一想到走，她就想哭，她舍不得儿子，舍不得大鹏，更舍不得她输得稀里哗啦的婚姻。

我听完她的故事，想了想，这个故事里少了一个人啊？我问："你公公呢？他们离婚了吗？"

艾岚说："没有离，常年在外，偶然回来，但是住不了几天。公婆这些年一直分居，我们倒没有听说，公公在外面有人，但是公公婆婆感情淡薄，却是事实。"

其实在这一团矛盾里面，启动和激化矛盾的那个人是婆婆。

也许她从没有机会得到自己老公的关爱，也许她遭遇过自己婆婆的横刀夺爱，总之她给自己定义的人生意义是，她要做一个百分之一千，完美过度的母亲，她要成为儿子这辈子人生中最亲密、最无可替代的女人。没有人比她更爱她的儿子，没有人比她更知道如何得到儿子绝对的爱！

虽然现在人人都说，婆媳关系有问题，是夹在中间的那个男人太弱。可是面对自己的妈，男人也是一个孩子。中华民族以"孝"为大，于理于情，男人也非常被动。指着任何一个男人说："你这叫作娶了媳妇忘了娘。"天下哪个男人，不是后背一紧？

其实，面对呕心沥血、含辛茹苦、默默付出的母亲，媳妇从开始的时候，就已经输了。儿子都是被娘养大的，背着比天还大的养育之恩，如果得不到亲娘的支持和恩准，儿子很难在心中和媳妇建立亲密无间的稳定关系。

今天的大鹏，不要说让他和艾岚建立起更亲密的夫妻感情，就是让他把艾岚和老妈放在同等重要的位置上，在潜意识中，他也会觉得这是对妈妈的背叛，他做不到啊。

在家庭中，尤其是被工业革命简化掉的家庭，我们要面对的是两种关系：亲子关系和夫妻关系。亲子关系有两层：自己和父母，自己和孩子。

如果想婚姻幸福，父慈子孝，幸福美满，夫妻关系和亲子关系必须同等重要，并列第一，才能够平衡。如果把亲子关系凌驾于夫妻关系之上，那么家庭必然失去平衡，痛苦无比。

但是从孔夫子的"君君臣臣，父父子子"，到西汉董仲舒的"王道三纲"，再到宋明理学的朱熹明确的"三纲五常"，几千年来，中国社会，过分夸大了亲子关系的重要性，而且为了彰显亲子关系的重要，还大大贬低了夫妻关系的重要性。

老婆成了传宗接代的工具，只为了延续血统。男人的情爱与亲密，都只能去老婆之外的女人那里寻找，所以才有那句很著名的话：

"妻不如妾，妾不如偷。"

今天，我们带着 20 世纪的观念，享受着 21 世纪的生活，观念滞后于经济发展，造成许多家庭的不幸。

在人生中，父母、孩子、老公或者老婆，无论长幼，没有先后，他们都是我们人生中不可分割的部分。

其实幸福的人生都是相同的，那就是在家庭中的每个人，都摆正自己的位置，真心实意地爱着其他人，不越界不退缩，清清楚楚，一心一意！

怀胎九个月，女人才能成为情深似海的母亲。

男人也需要一点时间，

亲手操作、耳鬓厮磨，才能和孩子变得亲密无间。

自己才是
举世无双的单品

5月去沙巴旅行，第一次坐春秋航空的飞机。

我旁边有一对年轻的情侣，女生烫着茶色的大波浪，化了裸妆，白色蕾丝的棉布衬衫配牛仔短裤，真心美丽。

人人都知道春秋航空没有餐，飞机起飞之后，很多人拿出自己准备好的东西开始吃。美丽的女孩从座位下面提出一个巨大的塑料袋，打开居然是一大盒十三香小龙虾。

廉价春秋的飞机没有空间，挤得人后背贴前心。剥虾的时候，要特别注意动作不能大，要不就会不停地碰到邻座。她的男友吃了几只嫌麻烦，不吃了。那么一大盒虾，姑娘一个人有滋有味、细细碎碎地吃了1小时。

飞机桌子太小，没有地方放虾壳，她就把壳放进同一个塑料袋里，吃到后面，壳多于虾，每拿一只虾都要在一堆壳里面翻一翻。

我一边尽力往过道上歪，给她让出吃虾的空间，一边闻着小龙虾火爆的味道和航空公司喷的铃兰香气的空气清新剂混起来奇怪的味道，真心想问："姑娘，至于吗？"

诚然，这是一个自由的社会，人家吃小龙虾，又没有扔一地虾壳，违反公德，我是管不着的。

可是，这是一个自由的社会，也没有人能阻止我，产生一个属于自己的观点：

她成了在不允许吃自带食物的飞机上，在虾壳子里翻找小龙虾的粗俗女子。她嘬着自己的手指头，在我的眼睛里，她不再美丽。

这让我想起另一件吃小龙虾的事情。

武汉管炒小龙虾叫红焖大虾，管吃小龙虾的街头排档叫作虾棚子。临时搭起来的地方，吃虾喝酒，侃山吹牛，市井生活，火爆辣香。

有一次我们跟着一个武汉同事去虾棚子体验江城原味生活。有一个同事叫了新交的女朋友一起来。姑娘长发及腰，白而素净的脸，柳叶细眉横飞入鬓，穿着纯色宽大梨花气质的麻质连衣裙，夹脚凉鞋，涂着粉色的蔻丹，样貌真是惊为天人。

我们点了两盆油焖大虾，两盆蒸虾，拌了足够分量的芝麻酱的冷面，很多杯冰啤酒和冰可乐。每个人都吃得尽兴，大吃大嚼，恨不得手脚并用。

整顿饭，这姑娘只吃了几颗男朋友给她喂到嘴里的虾，喝着从自己车里拿出来的一瓶依云水。

她不断地提醒她的男朋友，虾不要多吃，有寄生虫；不要吃油焖的，有地沟油；大排档里的啤酒一定掺了水，喝生水估计会拉肚子；云云。

她的声音不大，不过一张桌子吃饭，人人都听得见。本来讲好，吃完饭去唱歌。吃完，大家都默契地说，"散伙吧，后会有期"。各自分头上了车，绕了一圈，我们几个去唱了歌。

到了歌厅，人一凑齐大家就开始说她，每个人都记得她的挑剔，却没有人记得她的美丽。

在这个世界上，做女人真难。

从盘古开天起，为了变美，女人们有无穷的想象力。埃及法老时代就有了化妆品和香水；夏朝时，贵族们就开始戴玉。

事实上，美和美是不同的。

我们主观地去接受世界客观的美丽，我们主观地朝着自己认可的美丽方向努力。事实上，别人却是从各自主观的角度来评价对面的女人是否美丽。

譬如人人都在说"美丽的法国女人"，事实上，法国女人从长相来说，真的算不上特别美。

虽然法国女人比德国、北欧的女人要小巧纤细，女性化很多，但是比起亚洲女生，骨骼还是要粗大得多。就算是单看脸的话，欧洲人脸小，眼睛大，但是鼻子往往太大，嘴唇薄到没有，常见的新月般的脸，过了 20 岁，就有了皱纹，也真心算不上美丽。

生活不是时装杂志，化好了妆，换好了衣服，打好了光，原片拍出来，再精工细作，一个毛孔一个毛孔地磨，做成成品，美丽定格。

生活是 360 度无死角，针针见血。人是生动鲜活的，长相，着装，言行，举止，涵养，谈吐，自信，个性……全是细节。

法国女人其实不美，法国女人呈现出来的魅力，是各个细节持久发力的平均分，百炼成精的优雅，更是各个场合滴水不漏的得体。

美的标准是千人万变，难以衡量的。我们说了太多美丽，我们追求太多美丽，我们已经忘记了美的前提：要得体。

得体是一种语言行动的得当。因地制宜，有章可循。

一个不得体的女人，哪怕再美丽，别人也不会觉得她美丽。

一个得体的女人，就算不甚美丽，在别人的印象中，她还很得体。

如果我们略微用心，就会发现在各个场合里，最受人关注的那个女人，并不一定是容貌最美或者晚装最贵的。Dress Code（着装标准）不过是得体的入门级别，谈吐表现，处事方式，应变能力，才是得体的高级段数。

就算你美成西施，就算你贵成首富，在晚会上，大放厥词，挖鼻孔，放屁，挑剔主人的选择，强抢主人的话头，都是粗陋无比，令人不齿的。

有一年夏天，一个名流云集的花园下午茶现场，有一只马蜂闻到甜美的味道，嗡嗡地转了一大圈，最后落在一块很名贵的蛋糕上。

黛安娜王妃看到这种情形，花容失色，捂着嘴巴尖叫。同时也在场的卡米拉神情淡定地走上去，整盘端起有马蜂的蛋糕，扔到旁边的大树下面，等着皇家侍从赶来处理。

我并不能确认这是一个真实的故事，但是就故事本身而言，寓意就是美丽抵不过得体。

说来说去，人终归是具有社会属性的动物。

所谓社会，就是在特定环境下共同生活的同一物种的不同个体长久以来形成的彼此相依的一种存在状态。在人群中，总有诸多默认规范，不遵守的结果就是被划为异类。既是异类，何谈美丑？

女人，千万别让细节毁了自己辛苦努力换来的美丽。

在美丽之前，先学会得体。

越省越穷，
真的是
最荒谬的
穷人思维

我朋友的姨妈家的表妹，今年 29 岁，月入 2 万多。虽然这在上海算不上顶顶高薪，但也绝对超过了大多数人。但是如果考虑到，她还住在父母家，没有房租，没有任何日常开支，这钱全是放口袋里给自己花的，日子过得真是分外轻松。

表妹的朋友圈，是非常养眼的那一种，基调就是：拼命工作，拼命消费。

既有加班到清晨 5 点回家路上的日出，也有烛光晚宴中冒着气泡的香槟酒。更多的时候，是她穿着名牌行头满世界飞去旅行的照片，蹦极，潜水，坐热气球，把日子过成诗，就数她最行！

表妹和姨妈之间最大的分歧在于价值观，每当姨妈说："你得省着点花，存点钱，要结婚，要生娃。"两个人都会如世界大战一样大吵。

　　表妹最见不得的就是"省"这个字。她觉得自己的爸妈这一辈子，除了省就是省，被一个省字困住了一辈子。这就是典型的穷人思维。没有追求，没有享受，没体验过舒适，怎么才能有动力去赚钱？不去赚钱，怎么能成为富人，怎么能超越自己的阶级？

　　再说了，我花的钱，都是自己拼命赚来的，不靠男人不靠妈。有问题吗？

　　没有！那就花啊！

　　在退休前，姨夫是个清水衙门的公务员，姨妈在厂里的工会，管老干部。这一辈子，他们都是靠着死工资过日子的好人，要精打细算，省吃俭用。现在退休了，有退休金，有医保，上海内环里面有套三居的房子，有辆沪牌的大众，还有些存款。他们算不上大富大贵，但是真的算不上穷。

　　可是长久的生活压力，已经把他们固化成了节省模式。姨夫每天都会在早市快结束的时候才去买菜，一周就买一次排骨，鱼总是买正在翻白眼的那一只，蔬菜水果只买当季的，因为便宜好讲价。

　　表妹是外婆家最小的孩子，从小穿的衣服，大都是表姐们剩下的。偶尔的新衣服，都是姨妈自己做的。姨妈手很巧，常常按照杂志上的样子做。但是自己做，无论做工还是面料和买的总还有些差异。

20 世纪 90 年代，当表妹进入青春期之后，班上同学们父母的经济实力，也明显拉开距离。体育课上，有人已经穿着阿迪达斯的运动鞋，有人还穿着要涂粉笔的白球鞋。从那时候开始，表妹拒绝穿姨妈做的衣服。因为只要洗干净熨好，别人也不知道衣服是不是表姐穿过的，但是自己做的衣服，却永远都是自己做的。

每个人都是在父母手脚并用的拉扯下，稀里糊涂就长大了。开始工作之后，表妹从一个黄毛丫头变成了职场丽人，有了收入，有了地位，有了底气，有了态度。

外婆做寿，全家人去吃酒。吃完饭姨妈想把看着还挺干净的小毛巾捡回去当抹布。表妹当场发了脾气，和姨妈吵起来了。说比起大舅二姨家，他们家不算穷，但就是因为从小到大她父母节省到拮据，给她留下诸多童年阴影。

一个家族的聚会，问题总是一牵一堆，结果就是，姨妈哭，舅舅骂，全家人在酒店里叫成一团，气得外公拍了桌子，才算作罢。

去年表妹结婚了，表妹夫也是月入 2 万的高薪金领。表妹和表妹夫加起来月入绝对有 5 万，可是两个人都是爱玩的月光族，每月靠着透支信用卡过日子，工作这几年，啥也没有攒下。

就算是上海人，也不是每个人都在静安有几套房子。公婆用尽了洪荒之力，付了一套老公房的首付。剩下装修，买家电，办婚礼，拍婚纱，基本上用尽了姨妈和姨夫的积蓄。

现在问题来了，表妹怀孕了。姨妈说："表姐们都生过孩子了，有很多衣服玩具……"不等说完，表妹如爆炸的气球一样，直蹿天花板。"我从小到大都穿旧衣服，我绝对不允许我的孩子再穿旧衣服！我自己赚钱买，你们别插嘴。"

姨妈在胆战心惊地等，因为安排婚礼的时候，表妹开始也是这么说的，结果最后花了她几十万。结婚是一锤子买卖，可孩子要养几十年。自己的女儿，自己的外孙，真的没钱的时候，做父母的能不管吗？

"节省"最近变成了比"穷"还可怕的字眼。因为在经济社会中，穷本身就是一个令人耻辱、自卑、抬不起头的事情，如果再窝窝囊囊地节省，那简直就是比穷更加恶心的习性！

总有人说，千万别节省，节省会让你陷进"穷人思维"的怪圈。你穷是因为你没有富人思维，你没有富人的格局，被钉在穷的十字架上，生生世世。

也总有人跟你绘声绘色地讲：

10年前，路人甲和路人乙都有10万块钱，路人甲买了一个几十平方米的烂房子，路人乙把这钱存进银行。10年后，路人甲的房子市值好几百万；路人乙的存款取出来有二十几万。这就是格局，这就是眼界，这就是富人和穷人的区别！

事实上，讲故事的人估计自己也不知道，这个故事还有一半。

路人丙也买了一个几十平方米的烂房子，路人丁也把钱存进了银行。10年后，整个街区被夷为平地，路人丙的房子变成了零，而路人丁的存款取出来，还有二十几万。

因为，路人丙丁是路人甲乙的爷爷或者祖爷爷。10年的战乱和10年中国经济发疯式的暴涨，时代不同，机遇迥然。在时间的长河中，对单一个体来说，比格局、思维、眼界更重要的是时代的趋向，而不是个人的努力。

所以，有一句至理名言叫作：小富由俭，大富由天。

我曾给某知名品牌做了一个冲奶粉机的推广，我试过了，真心好用，但是机器和专门配的胶囊奶粉真心不便宜。周末的时候，我们几个朋友在一起，大家讨论了半天这个问题。

冲奶粉是个没有什么技术含量的操作，也花不了太长时间，那么是否有必要去买一个这么豪华先进的机器？

我问男人，你当年的桑塔纳现在跑也完全没问题，你为什么要换奥迪？我问女人，包只不过用来装东西，为什么要买近10万元的爱马仕？

摆在桌面上的事实就是，在日常生活中，我们大部分的需要，根本不是人生必须。今天我们早就从自给自足的小农经济，跨越到彼此需要的消费经济。只有每个人都在不断地创造需求，不断地消费升级，不停地消费自己，社会才能顺利地运转下去，制造更多的财富，供给全社会，然后按照个人占有率分配下去。然而，如果提倡节省，缩减需要，那么就会变成另一种社会消费模式，在物质极大丰富的社会中，没有刺激，就没有消费，也就没有收入。

我并不反对消费升级，为了刺激这个消费需求，总要有令人更舒适、愉悦的人性化设计。

我反对的是对于提倡节约的鄙视，尤其是在绝大多数情况下，那个鄙视节约的人，自己根本脱贫还不久，甚至还入不敷出。

散播那些可怕的"穷人思维"的人，到底有多穷，才这么怒火中烧，才这么心有余悸！

没有人能够通过对富人思维、富人格局、富人品位的学习来达到致富的目的，这些都是富了之后才有权谈论的东西，否则就是面子上说起来听听的花腔而已。不相信？那就请去问一下，戴着西铁城手表的李嘉诚。

其实绝大多数父母，并没有你们想的那么有钱，他们的钱都是一分一分省自牙缝；其实绝大多数钱，并不是你花出去，就能赚回来；其实绝大多数人那点安身立命的资本，靠的是省，不是撒网赚回来的；其实对天底下所有人都是一句话："由俭入奢易，由奢入俭难"。

为什么情商越低的人，底线越高？

　　我有一个已经两年没联系的朋友。我们不联系，不是因为大家都忙，没时间，才日渐疏远，而是我们因为某个原因，产生了矛盾。公说公有理，婆说婆有理，谁都有理，谁都有错，彼此伤害。

　　朋友和夫妻不一样，气生出来，那就生着。怨恨永远都比原谅容易。在冷漠麻木的成人世界里需要刺激。越痛越恨，痛并酸爽着。

　　因为我们还有共同的朋友，所以我们并没有相互拉黑，只是不再联系。其实比拉黑更高级的是完全无视。

　　前两周，我突然收到她的一封邮件，用一种冷冰冰的官方辞令问我，能不能把两年前，我们一起用我的账号买的一个家用电器的店铺链接给她。她的那个坏了，要找配件。

我看了以后，第一反应很愤怒。两年没有讲话，自动屏蔽的无视，为了自己需要的一个小配件，给我发邮件，而且用冷冰冰通牒式的外交语言。

那是个周末的早上，我边喝咖啡边看邮件，气得我多吃了两块黄油饼干。

卢中瀚把脑袋凑过来看了看，知道我在气头上，并没说话。中午做饭的时候，他慢吞吞地说："做人要学着比别人高明，你……"

我强硬地打断他的话："高明的人也有底线，我不能碰触我的底线！"

第二天，有朋友孩子过生日，我送自己孩子过去，迎头碰到她，她过来问我："你收到我的邮件没？"

我说："收到了，但是时间实在太久，我找不到那个店铺了。"

我是一个绷不住的人，说这话的时候，我自己也觉得脸皮发热，心跳加速，太阳穴突突直跳。

我们两人对视了一秒钟，她的眼睛里写满了质疑。不过，总之我的信息传达完毕，就是："我有，我就是不想给你。"

她点了点头，话到尽头，我们各自转头。

我开着车回家，阳光照着我的脸，分外刺眼。我愤愤地想着整件事情，这个人，怎能这么自私？

我突然想明白，我愤怒，是因为我把我的底线定在她还是我的朋友的地方。

我急速地回想了一遍，我们在一起经历的所有时光。时光是水，覆水难收。

我意识到，我们再装，也无法把过去擦干净；就算失忆，我们永远都不可能再成为朋友。在接下来的人生中，我们充其量，也不过就是认识的人。

那么如果仅仅是一个认识的人，我会怎么办？

回到家，我把地址找出来，发给了她。

下午，卢先生去接孩子回来，意味深长地对我说："有人让我替她说谢谢。"

我耸耸肩，轻松快乐。

我到了 40 岁才明白，人生其实很简单，快乐其实很容易。快乐的秘籍，并不是去努力创造那些高附加值，做我们自以为会让自己快乐的事情。

快乐是一种体验，最根本的是如何界定自己的底线。

我听过一个故事。

有一个禅师每日坐在河边冥想，希望找到快乐幸福的法则。他看到，对面山上住的樵夫，每天都要挑着木桶到山下打水。可奇怪的是，樵夫从来不把水装满。

有一天禅师实在忍不住，就叫住樵夫问他："从山上到山下，这么远，你都走来了，为什么不把水打满？"

樵夫说："山路非常泥泞难走，如果桶里的水满了，走在路上，会泼出很多来，到了家剩下的就是半桶。而且因为整桶水很沉，我会挑得很吃力，万一摔了跤，更是前功尽弃。所以水打到这里刚刚好。"

樵夫说完挑着他的半桶水就走了，留下禅师坐在石头上，恍然大悟。

年少的时候，我一直以为这个故事讲的是人生追求，不要把人生目标定得过高。

到了中年，我才明白，这故事讲的是底线！

这个世上有两种人，或者说每个人有两种不同的状态。

第一，把底线定得太高。

第二，完全没有底线。

把底线定得太高的人，一辈子都在追着幸福跑，永远也追不上。完全没有底线的人，完全没有界定，没有要求，随便至极，卑微到底，从来也不会明白什么是快乐。

我们总说情商到底有多么玄妙。

我觉得，这个世界上，最有情商最巧妙的事情就是，在辩证的关系中，给自己划定那条底线。因为触底之后，物极必反，我们只有反弹。

定一条底线，就是告诉自己一个最坏的打算。当这件事情已经坏到底线，就不可能再坏下去了，接下来只能上升。

设定最低目标，争取最大期望值，这就是近年来被热议的"底线思维"。

可是到底应该如何界定我们的底线，这才是需要考虑的问题。

我认识一个年轻人，名校高才生。毕业后，他做了一个很详细的计划，毕业 1 年，3 年，5 年乃至 10 年的展望，都清楚明确，一目了然。

可是从学校到工作，是一个从地到天的变化。有太多不定性，无法预计。

毕业第一年，他勉强完成他的计划。到了第三年，他开始和自己的计划有了距离。

他发现，有人拿到了更多的年薪，更好的位置。他觉得非常苦闷，人生完全没有意义。因为他认为，像他这样的高才生，就应该有这样的人生目标，达不到就是出了问题。

他开始变得刻薄尖酸，觉得这个人上位是拼爹，那个人是拍马屁，世界上有才华的人，如他，总是怀才不遇。

工作第四年，他们部门被精简掉了。有一半的人被公司安排去了其他部门，还有一半人，包括他，拿了一笔遣散费，作鸟兽散。

变相失业，这本来是一个悲伤的故事。可是绝望之后，他想明白了一件事情：这已经是最差的人生了，还有什么能比这个更坏的？那么从低出发，从现在开始，每一步都是上升！

他准备好简历，满世界面试。他找到了另外一份工作，工资比原来低，但是有发展前景。

然后他的人生，就变成了另一种样子，升职加薪，加薪升职。每次见他他都笑容满面，全是快乐。

我们总是在讨论情商的高低，不会说话，是情商低；给人难堪，是情商低；不顾别人的感受，指手画脚也是情商低……

对，这些都是情商的问题，我同意，但是我觉得情商不仅仅是我们面向别人的体验，更是面向自己的体验。

真正情商高的人，在让别人觉得愉悦舒适之前，会先把自己的日子经营得快乐幸福。

每个人都是抗压性很强的动物。在漫长的人生中，我们遇到的最大的问题，往往不是来自外界的压力，而是来源于自己。

外界那些现实的、物质的刺激，射到我们心里，只不过是一种变相的映射，不能从根本上改变我们的情绪。

调整自己的状态，调整自己的情绪，设定一条自己可以接受，而且最容易达到的底线，可以最大限度地克服自己的恐惧心理，摆脱自己内心的焦虑，把自己修炼成一柄无所不能的利器，成功便已然不远。

在很多时候，成功和失败，幸福和悲哀，快乐和痛苦，我们和世界，差的就是那条看不见的底线而已。

论房子和女人在婚姻中的辩证关系

我看到一篇文章，论买房对于婚姻和女人的重要性。

作者举了一个例子：婚前，在女方的强烈要求下，以男方付首付、婚后共同还贷的形式，买了一套房子。婚后几年，男方出轨，净身出户。没了负心的老公，还有价格大涨的房子，女人的日子过得这叫一个扬眉吐气、底气十足。

看的时候，我就在想，作者本人，一定没有结过婚，也一定没有自己买过房子。

除非该女主最初的结婚目的就是想赚套房子，目的达到就很开心，否则被自己最亲最爱最相信的人背叛，这是一种具有灭顶性质的人生伤害，绝对不是一套房子，或是一笔钱就能弥补的。

很多时候，女人或者男人明知对方出轨，还是选择不离婚，不是他们没有独立生活的资本，也不是他们软弱，没有勇气踢掉对方，他们这么做，根本是为了原谅自己。

对一个有记忆的成年人来说，非要让他立在当场拧着头承认：是自己看走了眼，爱错了人，自己曾经认定的那所有的山盟海誓，只不过是一片浮云。这种对簿公堂的伤害，要比得过且过的自欺欺人更加血腥和沉重。

在这个越来越焦虑、人人自危的社会里，幸福变得遥不可及。有了房子的女人，真的会有踏踏实实、没风没雨的幸福吗？

我这里，也有一个道听途说的故事。

有个女人，极美且聪明，但是很穷。还在上大学的时候，发现闺密的爸爸是超级土豪，毅然下海做了不知道是小四、小五还是小六，总之被收入金屋。

中间也有几许波折，总之那个爸爸对她不错，临终的时候给了她巨额遗产，让她这辈子、下辈子、下下辈子也挥霍不尽。可是这时候，她还很年轻，她还有一段很长的人生需要消灭干净。

她开始尝试约会，有很多慕名而来的"优质男"在她面前争奇斗艳，他们爱她，更爱她的钱。她把自己关在豪宅里，想到的只有一句话："譬如朝露，去日苦多。"

这时候，她才明白，金主爸爸的钱根本不是留给她安稳度日的，而是给她做了个笼子，囚禁了她的下半辈子。

这个人也许你也听说过，她叫喜宝，她还说过一句很出名的话：我一直希望得到很多爱。如果没有爱，很多钱也是好的……

无论是房子，是钱，是自由，还是爱情，人类的贪欲都是一致的。人们永远都在追求那个自己没有的东西，没什么想什么，有了什么不待见什么。这是人性，极难平衡。

众所周知，中国的房地产近20年，犹如屁股上绑了火箭，畸形上升。倒退10年，房子谁买谁赚。譬如我们现在在上海租的房子，每平方米至少10万，房东自己说，2000年买的时候，才5000。可是在2000年的时候，在自己的住所之外，能拿出钱来付首付，买这么大一套用来投资的房子的人，绝对不是普通平民。

我曾看过一个纪录片。

美国洛杉矶的好莱坞，明星豪宅聚集的比弗利山庄，大约是今天全美最贵的置业地之一。可是在好莱坞成为影城之前，比弗利只不过是个小荒山，山上还住了很多平民。好莱坞让比弗利的房价迅速飞升，让那些原本住在比弗利的人，没做任何努力就成了亿万富翁。

哇，真的好幸运。事实上，我看到的纪录片想表达的正是相反的意思。

巨额的固定资产，让这些收入普通的中产家庭，不再享受任何社会资助，需要按照超级富翁的比例缴巨额个人财产税和所得税。但是他们根本没有足够的收入去缴税。

唯一的出路，就是把房子卖掉，搬离自己的家，可是当他们卖掉房子，还需要支付天价的资产附加增值税。

我记得有个老太太对着屏幕说：我什么也不要，我什么也没有，那些明星跟我有什么关系？我只想和我的母亲以及祖母一样，老死在我自己的家里。

在经济上，我是个彻头彻尾的保守主义者，请别跟我说，你的房子值多少钱，涨了多少倍，我只是问一句话：现在要用钱的话，你能拿出多少？

估价一千万的房子和手里一千万的现金，完全是一个天上一个地下的含意。

虽然说，全世界人民都以拥有自己的房子为目标在奋斗着，但是在欧洲，买房率，尤其是初次买房年龄，和中国完全无法比。

我认识的法国朋友，条件好的话，会在 30 岁左右，买小小的单身公寓，或者结婚之后，用两个人的收入，去买一套小房子。在城市中，年轻夫妻常常等到有了孩子之后，才会买一套大点的房子。带花园的 House（房子）需要看升职情况，可能早可能晚，实在说不定。

我认识的中国朋友，结婚之前，都通过父母资助买了房或者付好房子的首付，一结婚就住进了永久性的房子里面。

中国人，尤其是中国女人对于房子已经有了几近痴迷的固执。"没有房子的婚姻一定不会幸福。"已经成了一个魔咒，在每个中国女人心中扎根。

房子，在中国不仅仅可以遮风挡雨，房子最大的功能，是中国女人自我抗争的底线。

没有安全感，是中国女人最普遍的特征。女人如果没有在自己最美最鲜嫩的节骨眼上，逼着男人拿出一些例如房子、彩礼、存款等实际的东西，一旦过季，女人就不再有资格要求男人。

社会对于男人是如此宽容，社会对于女人是如此苛刻，那些所谓的爱情忠贞，从一而终，捆绑住的从来都是女人。中国古代一直都是名正言顺的一夫一妻多妾制，忠贞用到婚姻里面，在中文里其实是阴性的。

没有安全感，没有信任感，需要被依附，今天女人的心中已经不再相信爱情。

"你爱我，你凭什么爱我？你拿什么爱我？让我相信你，先给我一千万。"

这就是"物化女人"，就是把一切都当作物品来看待，用衡量商品的方式来定价。

物化女人开始于父系社会，可是几千年的父系社会演变到今天，最可悲的是，现在不需要男人开口，女人已习惯了物化自己。

就算所谓的"女权"主义，也无法逃脱这个怪圈，只不过从另一个角度，继续洗脑而已。

男人出轨，最流行的说法是："离婚，踢了他！女人自己有钱，自己可以养活自己，你不需要依靠他，凭什么还低三下四地伺候那个渣男？"

如果有一天，有一个人跟我说这话，我一定会质问她："你的意思是说，我结婚是因为我自己养活不了自己？你觉得我可以离婚，是因为现在我自己可以养活自己？对你来说，婚姻到底是什么？是一张饭票，还是一张床？请问，你把我的感情放在哪里？"

人与动物最大的区别就是，人有思想，更有感情，可以自我创造，可以毫无目的。

我承认在这个以经济为基础的社会里，钱、房子、财产自然都是非常重要的东西。

钱之所以珍贵，就是因为有对比，因为这个世界上还存在着用钱也买不到的东西，譬如真心、感情、时间、往昔。

如果有一天，世上的一切都被物化，如超市里的物品一样明码标价，人生就失去了它魅惑的吸引力。

三百可以赔笑，三千可以上床，三万可以明眸皓齿、深情无限地说："我爱你。"就算你有三千万，你会买吗？买了会开心吗？会幸福吗？不过是烟云遮眼，逢场作戏。

钱买不到幸福，房子也买不到幸福，那个发誓宠你一辈子的男人，在接下来的日子里，随时都可以改变主意。

寻遍千山，找遍万水，我们找不到幸福，因为幸福根本就在我们心中。

只有相信自己，才能让自己幸福而安心。

致我们
终将远离的
闺密

上海的春天终于来了，晴天丽日，花开满树。

早上我和我的一个闺密喝咖啡。应该说我的"前闺密"。

我们同龄，我们的先生同龄，我们都有两个孩子，分别同龄，还同班。去年一整年，我们都天天去接送孩子，可是我们这两个面冷心热的女人，却用了一整年的时间才讲了第一句话。

但是从讲第一段话开始，我们就知道我们可以做朋友。

成人的友情和孩子的不同。成人的友情是否能够建立，主要表现在不可确定因素的契合程度。

简单地说，就是一拍即合。一拍不响，那就换地另拍。

人生苦短，谁有时间和精力，努力用力，慢慢磨合？

自从我们成了朋友，我们常常在一起消磨时光。接送孩子，逛街买菜，天南海北，心情愉快。

幸福不是拥有，而是分享。就算拥有了世界，独在云霄的感觉只能是痛彻心扉的冷。

那个时候，我在一个论坛里写点微不足道的小文章。后来我抱着玩玩的态度，开始写公众号。进入公众号，我真的是零起点，就几十个人关注，看头像，个个都认识。

我不定期地写文章，写完了发到公众号里。她从来没有关注过任何公众号，是我拿着她的手机关注了我。从此我发的每一篇文章，她都会第一时间点赞再分享到自己的朋友圈。

有一次晚上 10 点多了，她开心地给我发微信，"看看你一定又增加了关注"。原来她先生公司组织家属聚餐。她把我的公众号推荐给了每一个她认识的中国同事。

爱是一种能量。

在最初的时候，我们储蓄能量。

在后来的时候，我们消耗能量。

就算透支，只要还在额度内限期补上，就不至于冻结清户。

有一段时间，我在她家附近上课，她每次都会给我做好午饭。可是我下了课，走过去总要一段时间。

开始的时候，她等着和我一起吃。

后来，她就把饭留在锅里。

我到了她家会自己去拿碗，倒水，拿刀叉。菜冷了，我会自己放炉子上热热。吃完了，我会自己在冰箱里找酸奶或者切水果。

她眯着眼睛，在旁边织着毛衣和我有一搭无一搭地说话，有时困了，就倚着沙发打盹。

这些场景，家常得可以熟视无睹，却温馨得如沐春风。

我是一个孤单的，换了几座城市、很多次学校的独生女。

在我的人生中，只有朋友，没有姐妹。第一次，有这么一种安心、稳定、温暖的感情。我想，这个大概应该叫作：姐妹。

孩子们的成长，是看得到的每日俱进。

成人们的友情，是看不到的如海深情。

上海只不过是一个交叉点，我们终将离开，但是我们从来没有讨论过将来。

因为将来已经是一个不需要讨论的问题。无论时间，无论地点，无论缘由，我们都会情深如海。

这一辈子，我们会遇到很多很多的人。

发小，哥们，姐们，闺密，战友，知己，金兰……

究竟谁，才是一辈子的挚友，可以换命？

究竟谁，才能相互扶持，相伴一生？

说到底，究竟什么才算是朋友？

朋友其实是一个模糊而不确定的概念，没有定义，没有条件，没有范畴。

朋友是一种个人的信念。

我觉得你是，我觉得她不是，是与不是，评鉴的是自己的心。

有一次，有人写文声讨我写过的一篇文章，阅读量数十万。单单是我，就收到了十几个人转给我的链接。

我大概看了一下内容，虽然不至于到心情愉悦的拜读状态，顶多也就是有点不适而已。

紧接着，又有一篇文章，以撕我为名，实际却是篇招聘广告文，阅读量数百。

我很认真地读了整篇，读的时候，我承认心有点痛。

因为这是一个我认识，而且一起吃过几次饭，一起谈笑风生的人写的。换句话说，是个在某段时间里，我称之为"朋友"的人。

痛，绝对不是因为她反驳我的观点，而是我自认为这是个有点交情的人，却在别人撕我的风头上，跟着炒。

原来我朋友是我的朋友，而我，却不一定是我朋友的朋友。

执念的起源其实是自己的心。

有了一个朋友，就是自己给对方打开了一扇心门。方便讲话，方便分享，也方便受伤。

　　每个人都是天生的勇士，敌人来了，斗志昂扬。其实把自己弄得最痛的往往不是敌人，而是朋友。

　　因为认可，因为信任，因为在乎。

　　越单纯的时代，越单调的环境，时间叠加起来之后，友情就越深厚。

　　譬如发小、同学或者战友。

　　可是在这个社会上艰难地生存，我们每个人都是背着重壳的蜗牛，埋头奋力，咬牙拼命。

　　我们有太多要去努力的前程。

　　我们有太多要去打拼的人生。

　　我们还有太多必须要做的事情。

　　大多数时候，我们无法控制自己的脚步，无法保持步履协调地同方向前行。

　　慢慢地我变得非常忙，教课，写文章，运营公众号……我没有想到随手写的小文，会变成一棵参天大树。

　　我恨不得每天有 30 小时的时间，我像是一个陀螺一样地旋转，快马加鞭。

　　有时候我真的想停一停，我们可以如原先一样，喝着咖啡，看着孩子，她织着毛衣，我上网乱逛。

　　我身不由己，想停却停不下来。

有几次我在最后的时间，还是取消了我们已经约了，但是改期再改期的会面。

因为我在心里说："没有关系，反正我们还有一辈子。等一下，再等一下，何必这么着急？"

冬天来的时候，冷下来的不仅仅是上海的天。

从并肩无暇，到暗自揣测，再到心生间隙，我们就这样越走越远，越走越疏离。

这世上哪有什么确定无疑、不会改变的事情。

这世上最珍贵、完全不可再生的资源，其实是时间。

在有限的时间里，我们只能做有限的事情。

在有限的时间里，我们需要选择要做的事情。

既然选择，无法推脱。

没有人有权力要求，别人一定等在原地。

所以说这一辈子，朋友们，总是在亲亲疏疏，远远近近，散散离离。

夜深人静的时候，静心回首，谁能说"这一生，我从没有负过任何人"？无论是处心积虑，还是无心无意。

摆在我面前的咖啡已经完全冷了下去，我端起来，喝了一口。苦涩冰凉，勉强地吞了下去。

淡定是一袭绣着莲花的真丝大氅，揭开之后，才看得到，四处的伤疤触目惊心。

院子里一树怒放的白玉兰，在灿烂的春光里，轻轻地颤抖着飞舞。

我们对望着，默默无语，眼里全是痛。

事到如今，我知道我们已经回不去了。

破镜就算重圆了，裂纹总还在。

并不是每一个故事都会善始善终。我不能让时光倒流，我只能选择尊重。

遗憾也是一种结尾，虽然不是我想要的那一种。

这一生我不知道我能遇到多少个朋友。

这一生我只知道我遇到了你。

漫漫长路，我们循着各自的轨迹高速运行。总有一天，我们终将远离。

可是最重要的是，我们曾经相遇。

在很多很多年以后，蓦然回首，回忆的那一头，我们永远是大笑着并肩前行。

当爱一天天老下去，

最悲伤的其实不是吵架，

而是口张开，却不再有人骂回来.

谁的婚姻能够
皆大欢喜？

世上哪有
没想过
离婚的夫妻？

人到中年，我周围的人，不是结了婚不幸福，就是不幸福所以离了婚。

我也有几个奉行不婚主义的朋友，但是看着他们随时随地都要用一种斗士的姿态给众人解释"我为什么决定不结婚"的样子，真是疲惫。

每个人都是读着童话长大的："从此王子和公主幸福地生活在一起。"人人都从心里渴望这辈子能有一段琴瑟和鸣、白头到老的感情。

托尔斯泰在《安娜·卡列尼娜》开篇说："幸福的家庭都是相似的，不幸的家庭各有各的不幸。"

可是在我们的时代，幸福的家庭，仿佛成了一段飘在天际、隐隐回转的美丽传说；而不幸的家庭却比比皆是，尸横遍野。婚姻幸福根本成了一个如同房价下跌一样的事实：人人都幻想，人人都揣摩，却已经没有人再相信。

我相信，走在路上调查 1000 人，一定会有 1000 多人确认，他（她）的婚姻不幸福。多出来的那些，是走了又转回来，专门重申。

这究竟是男人的问题、女人的问题，还是婚姻制度本身出了问题？这到底是什么问题？

在我自己亲眼见过的那么多朋友中，Luc（卢克）和 Marie（玛丽），是真的让我羡慕的那一对幸福的朋友。

Luc，50 岁，Marie，49 岁，他们有两个孩子，分别 19 岁和 17 岁。

Luc 被调遣来中国工作，但是孩子们正是考大学的年纪。他们商量后决定，Marie 留守法国，带孩子考学。

后来，每次 Marie 来国内看 Luc，提前两周，Luc 就已经心花怒放地预告大家；每次，Marie 走了之后，Luc 会像失恋的小伙子一样，去朋友家轮番蹭饭，为了不用回去，面对老婆不在家的事实。

Luc 是个惹眼的法国男人。1.84 米，长期运动，身材魁伟。50 岁，但是 20 年的高管没白当，穿上西装，一副成功男士的气宇轩昂。

每天 7 点 05 分，Luc 都会到公司旁边的咖啡厅吃早餐。深冬的时候，他突然换了家咖啡厅，要围着办公楼绕一大圈，走很远。

他有些尴尬地说："这一段日子，我每天都会碰到一个年轻姑娘，她总选择坐在离我最近的地方。也许是我自己想得太多，但我是地理上的单身老男人，我最好还是慎重些。"

真真是天下好老公！

我曾经问过 Marie，你们结婚 20 多年了，一直都这样吗？没有吵过架，没有想到分开？

Marie 笑："我们岂止想到分开，我们分开过！"

在老二 4 岁的时候，他们也到了过不下去的地步。在一起就吵架，事事针锋相对。说离婚，下不了狠心，但就是觉得特别不幸福，精疲力竭。

他们决定"试离婚"。

Luc 申请了另一座城市的工作，每两周回来一次看孩子。

那时候，孩子上学了，法国学校都有托管班。虽然一个人带孩子有点辛苦，但是也还过得去。不再需要天天精疲力竭地和另一个人斗争，最初的日子，真的清静好多。

可是几个月之后，Marie 公司的老板突然卷款失踪。法国经济不景气，尤其在小城市，找个工作不容易。Marie 心情压抑，开车出门的时候，出了车祸。

Marie 说："等我在医院睁开眼睛的时候，眼前就是一脸苍白的

Luc。他看见我醒了，马上激动地跳起来，叫我的名字。看到我有了意识，他抓着我的手，像是孩子一样地哭了。他一直陪着我，处理所有的问题。我才想起来，原来他一直都是我丈夫，我们根本没有离婚，而且我也根本不想离婚。

"他在医院陪床的日子里，我们一起谈了很多很多。我们终于意识到，我们是两个不同的人，对于同一个事物，我们有两种不同的看法和态度。虽然每个人都会盲目地坚持自己，但是这不意味着，我不在乎你。"

真的是这样，婚姻中没有绝对的对错，没有绝对的是非，唯一绝对的就是，那些不可再回转的往昔。

我们都是胃口太大太贪婪的胖子，婚姻中最难的是懂得珍惜。

我和卢中瀚在一起 10 年了，现在我们都已经修炼到，我知道我说什么，他会生气；我也知道，他生气会如何回击。然后我可以根据我当日的心情，再决定怎么用更小的力气，把他崩到天上去。

不是我聪明他太傻，因为这种例子，反过来也行得通。我明明知道他是有意在气我，有意找碴，可是我就是生气，控制不住自己。

婚姻内部，每个人都处于一种非正常的失重状态，我们飘来飘去，不能控制自己。

譬如，卢中瀚吃虾，从来不用手，永远都是正襟危坐地用刀叉。刚开始的时候，我也觉得他风雅贵族，可现在我会觉得烦躁无比，有把虾壳子扔在他脸上的冲动。

譬如，我喝东西，从来都不喝完。家里转一圈，能找到几个杯子，这个剩了口咖啡，那个还有些绿茶，另外一个有半杯橙汁……每次卢中瀚都气愤地质疑我，估计他一定也有把剩下的饮料，泼我脸上的冲动。

我用了 10 年，才明白，当他压力太大，他就想躲进洞里，看已经看过很多遍的美国老片子。他不想跟我分享他的问题。

他用了 10 年，才明白，我絮絮叨叨的时候，不是想让他给我出主意，我只是想让他听而已。因为对他而言，既然花费精力叙述问题，那么就要解决它，他也一直不能理解，叙述这件事本身，就可以让我减轻压力。

在平淡无味到麻木的生活里，吵架是比甜言蜜语更有真实感的东西。

每一对夫妻都会拼命地吵，拼命地发泄自己，红着眼睛，眼神如刀，恨不得用刀把对方捅死。为什么，为什么他永远都只想着自己，为什么他永远都不在乎我的感受，为什么他会这么想，他有何居心，居心叵测！

我们越想越伤心，越想越灰心，既然如此，何必当初，还不如一拍两散离婚。

美国婚姻专家温格·朱利出版了一本书，叫《幸福婚姻法则》，扉页上印了这么一句话：

"在这个世界上，即使身处最幸福的婚姻，一生中也会有 200 次离婚的念头和 50 次掐死对方的想法。"

说这话的是温格·朱利，他写了一本书，叫做《幸福婚姻法则》。

事实上，没有人知道，在公主嫁给王子之后，他们究竟会不会幸福，他们的生活会不会也是鸡毛蒜皮的，失望痛苦。

婚姻只不过是亦步亦趋地走，一走一停地徘徊，一辈子那么短，却又那么长，只要走过去，一切都是传奇。

结婚还是离婚，我们一起去旅行

　　我和孩子们是凌晨的飞机飞巴黎。我本来说叫车，可是卢中瀚执意要开车送我们去机场。

　　我手机一直闪，到了机场，拿行李，找地方，办登机牌，我一边领着孩子，一边回复微信。走到安检门口，我一手执机听着留言，一手牵着两个孩子，背着手提包，挎着孩子们的玩具包，离3米远冲卢中瀚点了点头。

　　这是出门一个半小时之后，我第一次看他的正脸，才发现他脸色铁青，硬硬地说："你别把孩子丢了。"

　　我心里有点生气，想反击回去，凭什么我就把孩子丢了？微信又在响，在我低头一看的工夫，孩子们已经跑进安检了，我赶快追进去。进去之后想起来卢中瀚是不能进安检的，转身回头冲他招了招手。

他已经明显生气了，送人送到这里，居然连再见也没来得及说，就散了。

过了安检和海关，我带着孩子们找到登机口。一屁股坐下，赶快打开电脑，利用最后上飞机前的这一点时间继续奋战。

等到登机广播已经催了两遍，我才手忙脚乱，上了飞机。一直到空姐第二遍跑过来跟我说："女士，请关掉手机。"我终于把凝固住的目光从如海的信息中转出来，手机关掉的那一刻，我突然一阵心慌，接下来我要断网 12 小时，我这不是要漏掉整个世界吗？

不需要心理医生，我可以自我诊断这种现象，是打了鸡血，上了网瘾，不能自持。

给别人打工的时候，我们总在骂奇葩变态老板，黑心不偿命。等到给自己打工，才明白原来天下没有比自己更黑心的老板。

时间是一个非常奇怪的东西。虽说一天永远都有 24 小时，但是 20 岁的一天和 40 岁的一天，好像长短不一样。

年轻的时候，我常常有大段大段无所事事、需要消磨的时间。

可是现在必须要完成的事情和自己的时间和精力，根本不成正比。人好像陀螺，越转越快。一旦慢下来，就有无数根鞭子抽下来，再无力再无奈，也要咬着牙转起来。

常常有读者跟我哭诉，等到小三找上门了才知道老公有了外遇，问我有什么应对办法。

我想如果有天被我知道卢先生有外遇，我肯定会疯狂痛苦，却不会惊讶。因为我们现在的状态就是住在一起的陌生人而已。

我们共同有两个孩子，和一堆琐碎的东西。我们分享一张床，一锅饭，一个衣橱，甚至一个银行账户。清晨，深夜，打个照面或者不打，只言片语，全是必要的家事处理。

我不知道他在想什么，做什么，和谁讲话，欢喜还是难过。生活犹如一条湍急的河，我们各自沉在自己的生活中，拼命挣扎，保证自己活着。

有一个成语叫作："熟视无睹。"

有一种状态叫作："一起过日子。"

一起过日子过久了的结果就是：熟视无睹地各过各的日子。我们记得曾经爱上一个人，我们忘记了为什么爱这个人，我们已经谈不上爱还是无感，我们不再分享对方的人生，对我而言，他的人生，成了一块干涸的荒漠。

事实上，我们根本连陌生人都不如。

因为陌生人，本着礼貌和教养，总还需要一点客套，一点礼貌，一句虚情假意的问候，一个皮笑肉不笑的微笑。

而我们，我们熟悉到不需要客套，陌生到不能够相互知晓。痛比爱更有存在感，所以一路走一路砍，互刷存在感。

我有个朋友来上海出差，为了让我可以安静地听她给我讲她的家庭矛盾，花大价钱请我吃刺身。

我边听边吃，当我再也咽不下一片生鱼片的时候，我说："看在你的生鱼片分儿上，我告诉你一个法宝。是时候了，你们需要一个长长的旅行，只有你们两个人。"

在一起太久的婚姻，有的时候，需要的是一点抽离。找个没有人的自在地方，各自从自己的带着刺的硬壳里，一步一探地爬出来，一起摊开，晒晒太阳。

面对婚姻，面对人生，在一起还是分开，到了这个时候，你的心就会告诉你，毋庸置疑。

从爱情到婚姻，从两手空空、精力无限、快步疾行到满怀满捧、精疲力竭、负重前行。我们走得过于投入，已经忘记了来路。而旅行是一个限时版的情景游戏，我们需要给自己创造一个机会，让我们可以回到当初，只有两个人赤裸裸相爱的情景。

她很疑惑："工作那么多，老板很苛刻，孩子还很小，我有点担心婆婆的能力。"

我耸肩："路已明示。"我看了看她的眼睛，又加了一句，"主要是我也没有别的主意。"

过了一阵子，她突然给我留了几条 60 秒的留言。他们把孩子扔给婆婆，自驾去了西藏。

开始几天，还看她时不时地发朋友圈，事无巨细地汇报着吃到的东西，看到的风景，上海看不见的蓝天大日头。慢慢到后来，销声匿迹，没了消息。

不知道过了多少天，她突然给我打电话，说给我买了今年雪山的新茶，问我地址要给我寄过来。

电话不太清楚，吱吱的电流声呼啸而过，挡不住她的笑声，隔那么远，我仿佛都闻得到雪山清冽的味道。

她说："西藏太美了，常常走一天看不见人，天大地大，却只有我们两人。我才意识到，从孩子出生到现在 10 个月，我老公一共发了 7 个朋友圈，6 个是孩子的照片。"

她说，原来当年那个人一直都在这里，万水千山走过，如释重负，原来我当年没有选错。

结婚还是离婚，请先去旅行。等旅行回来，再做决定。

旅行不仅仅可以让我们从繁杂的日常生活中跳脱出来，旅行也是一种最便捷的方式，让我们看清楚一个人。

没有一起出门过的情侣第一次出门旅行，就像和一个关系不错，但是别的部门的同事，临时组合了一个组，在坚持本职工作之外，完成一个公司的新项目。这磨合度，就不用我描述了，你们都比我懂。

谁出钱，出多少？谁组织，怎样的行程？终于等到拿着护照拖着箱子走人的时候，在一个陌生的环境里，面对所有陌生的不可预计的事情，我们只能显露出自己最真实最直接的反应。

旅行可以是一个逗号，人生还在继续，停顿一下，喘口气，我们再继续。

旅行也可以是一个句号，人生还在继续，停顿一下，喘口气，我们挥手再见。

结婚还是离婚，一定都要先去旅行。给自己一个机会，给自己一个空间，更给自己一个视角，让我们看明白，原来这个苹果有红也有绿的一边。

然后我们再决定，是吃掉，是扔掉，是种树，还是送人。

这是个理智的决定，对得起自己的人生。

共患难无法
共富贵的婚姻，
究竟出了什么
问题？

张敏是我的一个朋友，也是我的读者，在一个活动里认识的，她是那场活动的特邀嘉宾。她的离婚拉锯战已经持续很久了，该哭、该骂、该打、该闹的过程都走过了，但是还没有下定决心。

今年气候反常，九月还是如夏天一样酷热，月底气温未降，却连绵下雨，里里外外都是湿的。几个月的酷暑加挣扎，让张敏的心颓废得犹如一团腐肉，碰不得提不起，掩鼻绕步，退避三舍。

早上上班，黏糊糊的雨雾里，大路小路堵成一团，眼看着前面红灯变绿，绿了又红，居然没有前行1米。喇叭声响成一片，有车剐了，车主吵成一片。被堵在车海中的张敏，莫名地心生厌倦。她心说，这个地方真的不能待了，是时候该做一个决定了。

到了办公室，她给方彦辉发了一条微信："我同意离婚，今天下午 4 点民政局见。"

过了两分钟，方彦辉回复："好。"

这个人一向惜字如金，这个时候，更是不肯多说一个字。

那是假期前最后一个上班日，别人都赶着回老家，赶着去度假或者赶着去结婚，那么他们就赶着离了吧。

普天同庆，喜迎国庆。

下午开会加堵车，等张敏找到方彦辉的时候，已经 4 点半。方彦辉脸是青的，板着脸说："张敏，你什么时候能有点时间观念！这辈子，你能不迟到一次吗？"

她抱着胳膊说："不能。不过我保证这是最后一次。"

这句话把方彦辉翻江倒海已经准备好的咆哮一下子都呛了回去，是啊，来离婚，真是最后一次。

离婚窗口空着，工作人员象征性地问了几个问题，他们已经分居几个月了，对于财产和孩子的归属也没有争议，10 分钟就办好了手续。

他们一起走到大厅门口，毕竟一起结了一次婚，生了一个孩子，去了很多地方，买了几套房子，赚了好些钱，从此就要一别两宽各生欢喜，生老嫁娶毫无干系，心中总归有些怅然。

此刻要是说"后会无期"有点矫情，要是说"回头再见"又太奇怪，他们停了一刻，什么也没有说，各走各的路。

到家还不到 6 点，张敏想了想，给团团发了一条微信："团团，今天爸爸妈妈离婚了。"没想到在英国的团团居然没有睡，秒回："妈，别怕，你有我，我永远爱你。"

张敏在静悄悄的屋子里转了一圈，近 300 平方米的房子里摆着各式各样记录过去的东西，让她有灭顶式的窒息。她急需找一个有阳光的地方摊开晒晒，最好有干爽的风吹过天际。

她打开手机查机票，国庆期间的机票巨贵无比，张敏一开始还凭本能试图找个便宜的目的地，突然间她苦笑了起来，要多少年她才能学会像富人一样生活，不再畏畏缩缩地计算？

她是过过苦日子的，和方彦辉一起。

张敏遇见方彦辉的时候，他们都刚刚大学毕业，漂到这个城市里闯荡。方彦辉是张敏室友的男朋友的哥们，室友第一次和男朋友约会，心里不踏实带着张敏去了，没想到对方也带了方彦辉，4 个人一起去公园疯跑了半日。

然后，室友和男朋友处了 2 个月，分手了；张敏和方彦辉处了 19 年，离婚了。

当初，他们很快就同居了，因为靠在一起心更踏实，更因为两个人住一起，比一个人更节省。那时候他们什么都没有，只有穷。他们一起买菜一起做饭，发了工资就吃得好一点，有了假期就一起去穷游。方彦辉练成了一个绝技，总是能找到最便宜的机票和酒店，他们穷游了很多地方，浪迹天涯。

方彦辉没给她送过什么礼物。在一起的第一个情人节，他送了一朵玫瑰花给张敏。被催熟的花，两天就垂下头，那么香那么美，那么贵，怎么能浪费？后来，张敏炒菜的时候，把玫瑰花瓣炒了进去。都说玫瑰香甜，其实新鲜的玫瑰花入嘴是苦的，方彦辉边吃边咧嘴，吃了勺老干妈才把苦味压下去。他们笑得眼泪都出来了。

年轻不觉得苦，两个人蜗居在 10 平方米的房间里，没有凳子，进门就上床。人生不过就是饮食、男女、爱情和憧憬，房子虽简陋，但是有欢声笑语，原来这种温暖就叫幸福，只不过当时不知道而已。

这还不是他们最穷的日子。后来方彦辉辞了职，自己做公司，每天十几个小时超负荷地工作，赚的总是没有赔的多。有 3 年方彦辉不但拿不出钱，时不时还要拿些钱去周转。

那几年，张敏从来没有买过衣服，都是捡闺密不要的。张敏是公司最拼命的员工，她太需要这份工资，撑着她和方彦辉的生活。所有人都骂她傻，她不傻，她有方彦辉。

在一起的第六年，他们结了婚，因为张敏怀孕了。他们匆匆忙忙地领了证，没有婚礼，没有婚纱，没有戒指，拿了结婚证，他们赶着去领准生证，因为下午张敏要出差。

是方彦辉的哥们告诉张敏的，当晚方彦辉喝得酩酊大醉，跪在花坛里边吐边号啕："这个女人，我这辈子一定要对她好。"

他们的灵魂和肉体都真真实实地爱过。

是孩子给方彦辉带来了好运，他的公司慢慢走上了正轨。没几年，从入不敷出变成收支平衡，然后公司变成了一台巨大的机器，每天往外喷射人民币。原来赚钱如勘油，也许一辈子都找不到那口油井，但是只要找准了地方，赚钱真的很容易。

钱刚来的时候，是兴奋，是满足，是一种泡在热水里慢慢舒展的摇曳。钱真的是好东西，可以买到全世界最疯狂的欢愉。

他们买了钻戒，买了车，买了房子，买了所有能认得出来牌子的东西，然后又买了更大的钻戒、更快的车、更大的房子。

张敏并不想放弃自己的工作，没问题。他们找了最好的保姆加司机，送团团去最好的私立学校。张敏自己连滚带爬，做到了大公司里的几十个人的核心部门的经理。

40 岁的时候，他们是外人眼中风光无限的模范夫妻，有钱有地位有家有孩子，相得益彰，遥相呼应，世上最美好的夫妻不是藤缠树而是阴阳鱼。

只有他们知道，他们之间出现了无药可救的问题。

没钱的那些年，他们确定无比，他们不幸福的根源都是没有钱。无论是吵架前的狂风暴雨，还是吵架之后的和风细雨，所有解决不了的问题，都可以归结到，总有一天，有了钱就会解决所有问题，就会幸福！

　　有了钱之后，他们彼此送过各种各样贵重的礼物，鸽子蛋大小的钻戒，敞篷跑车，定制礼服，刻了名字的手表，江边 300 平方米的房子，还有一艘叫"圆圆"的帆船。

　　把一杯水送给沙漠里快要渴死的旅人，能救人于危难；把一杯水送给大海里的美人鱼，连泡泡都看不见。

　　两个人在一起，没钱的时候，钱是唯一的问题，等到有了钱，一切都成了问题。在这个消费社会里，钱能买到一切有标价的商品，但买不到所有没有标价的情绪。

　　他们越有钱，走得越远，越疏离。没有钱的时候，不得不向生活低头，两个人之间还有个不情不愿的束缚，但是有了钱之后，我凭什么低头？

　　每个人都是自己领域里的强者，一山容不下二虎，没有缓冲，只有硬碰硬的对峙。理论上心是软的，而事实上，心是一块剔透的水晶玻璃，碎了就是碎了，补起来还是碎的，斑斑驳驳，惨不忍睹。

　　虽然古语说贫贱夫妻百事哀，然而事实上，真的因为穷得过不下去而分开的夫妻，大大少于富得流油而分开的夫妻。

　　这世上，只有享不了的福，没有吃不了的苦。钱是魔鬼的照妖镜，镜子里面红粉佳人皆成骷髅。

　　原来，同患难，风雨兼程一起吃苦，比同享福，开怀大笑纸醉金迷更加紧密。

原来，这世界上绝大多数婚姻，都是被钱撑死的，不是被钱饿死的。饿死，是能力问题；撑死，是管理问题。

原来，人心是比钱更难搞掂的东西。要知道，或早或晚赚到的都是钱，可是感情错过了，就不会再回转。

你可以
不结婚，
但不能
孤独一辈子

　　思迪和子觅从一个玩具箱里翻出了一件芭比的婚纱，兴奋不已，把玩具摆了一地，要给芭比和肯举行盛大的婚礼。

　　她们用积木搭了教堂，给其他所有芭比都穿上美丽的晚礼服，摆上美丽的草莓蛋糕，把芭比的白马系上蕾丝蝴蝶结……

　　两个人分工有序，有条不紊地布置着。在那堆玩具中，有个小推车里面，放着正在喝奶瓶的小凯莉。

　　思迪跟子觅说："你把凯莉放到一边去，他们要结完了婚，才能有孩子。"

　　子觅像是想起来什么，说："妈妈，Léa（蕾雅）说，她爸爸妈妈没有结婚，就生了她呢。"

　　没等我开口，思迪不以为然地说："生孩子和结婚没有关系，只要有爸爸和妈妈，就能生孩子，但问题是……"

她抬头指着我们挂在墙上的婚纱照片继续说："你看妈妈和爸爸结婚的时候，多美丽。因为生了我们，就变得很胖，还有个很大的肚子。你想在你的婚礼上很丑吗？所以不能在结婚前生孩子。"

子觅坚决地摇了摇头，扭扭屁股说："我要当最美的公主新娘。"

我目瞪口呆地听着思迪的逻辑，这可能是我人生唯一一次，别人当着我面说我丑，我还打心眼里觉得在理。

玩婚礼游戏，并且憧憬婚礼，是女孩子的日常，要是两个男孩子，一定不会想到玩这个。

从出生起，女孩子会收到穿着粉红色服饰的布娃娃，而男孩子会收到粉蓝色的小汽车，从此拉开了男女的差距。

⊙

我的公众号，每天都会收到大量有关婚姻的问题。

女人，到底要不要结婚？要不要生孩子？要不要离婚？如果结婚仅仅是为了找一个拉不长、团不圆、推不动的男人，为什么还要去承担沉重的婚姻？

在今天，大多数中国男人，还在心安理得地盘算，花几万块钱讨个老婆，生娃持家，服侍爸妈，是个造福一辈子的买卖。

而大数据表明，女人结婚的年龄越来越晚，婚内出轨越来越多，而绝大多数的离婚，都是女人要求的。

8 岁时，憧憬婚姻；18 岁，质疑婚姻；28 岁，抵触婚姻；38 岁，拒绝婚姻。婚姻，变成了食之无味、弃之可惜的鸡肋，这是很多中国女人的心路。

只是，48 岁以上还未婚的女人，在今天是极少的，尚不能得到一个有说服性的结论：

是不是不婚的女人，能更加美好和幸福地度过自己的一生？

女人不婚成了一浪比一浪更响亮的呐喊，可是问题在于，女人不婚的后面，其实有一种无可奈何的酸楚。

因为绝大多数标榜不婚或者已婚后悔的女人，她们主张的"不婚"，并不是发自内心的第一选择，而是一种心灰意冷的防御！男人都是这种提不起来的狗熊样，凭什么我还要付出？

这是几千年一直身处劣势的女性们，对于自身的思考，也是一种反抗，更是一场在男女两性势力之间，由女人发起的有攻击性的革命。

我曾多次在文章中论述婚姻作为一种人为制定的父系社会制度，对于女人的压迫和束缚。

在我做大龄剩女的时候，我也不止一次地深思过，既然人们的婚姻都这样不幸福，是不是应该废除婚姻制度？

然而当我遇到卢先生的时候，我毫不迟疑地结了婚，还乐此不疲地生了两个孩子，在疲惫抱怨和相互指责的争吵中，过着我们精打细算的日子。

曾经我写了一篇婚后生活的文章，包袱抖得恰到好处，风趣又诙谐。收到了一个读者的来信："为什么女作家写自己的婚姻，都只有阳光灿烂的美好？这是真的吗？还是你在粉饰？"

这个回复，让我想起来当年读三毛、尤今、席慕蓉、龙应台，真的个个都是婚姻美满，茶米油盐经营得活色生香。当年我其实也想过类似的问题，她们写的是真的吗？还是写出来给人看的？

事实上，作为一个已婚女人，我并不认为自己的婚姻非常幸福，如果打分的话，只能算马马虎虎。而且，卢先生是个有很多毛病的普通男人，他甚至没有普世公认的法国男人的浪漫！

女王节，有合作过的公司给我空投了一大捧鲜花，他说："原来要送花，没关系，你权当是我送的好了。"

助理开玩笑，又匿名给我空投了一大捧鲜花，他说："替我谢谢送花的人，省了我的时间和荷包。"

更可怕的是，这么烂的回答，我不但不生气，反而一笑了之。婚姻改变了男人，也改变了女人。

每个人都有过一种心理体验：

离开家一段时间之后，从踏上归程的那一分钟开始，心中就有一点点隐隐的兴奋，拼命地往家赶，离家越近越激动，兴奋指数在奔进家门的那一刻,达到顶峰。

进了家之后,长舒一口气,一颗悬着的心就放下来了。其实,家还是那个乱七八糟的家,人还是那个争端不断的人,也许开口的第一句话就是指责:你为什么没有收拾房间?你怎么还在看手机?

可是那口悠然自得,松下来的气,就是一个踏踏实实的"放心"。放心是来自彼此关系的亲密。

我记得当年,我爸每天回家比我妈晚,我爸进门第一眼看不到我妈,第一句话永远就是:"你妈呢?"其实,如果他看到我妈,不一定凑过去跟她说话。只要你在,一切安好。

再譬如,卢先生是工薪族,假期少。度假时,我常带着孩子先走。可无论是我还是孩子,只要他没来,总觉得人没到齐,假期就不能开始。

事实上,等他来了,之后的假期也没有变得更加令人兴奋。只要你在,就是团聚。

对我而言,今天的问题,并不是结不结婚。因为婚姻只不过是一种形式,每个人都可以凭着自己的能力独立。然而,经济富裕,生活舒适,物质无法解决的是每个人孤独的内心。

而今天越是衣食无忧的年轻人,越感觉孤独!

人生中,其实最珍贵的不是钱,而是不可再生的时间。而所有必须用时间来浇灌和累积的东西，才是无价的。

两个人在一起，不用听名字看脸，仅凭着彼此的味道，手摸过去的皮肤质感，外人看不明白的微表情，在一起走过的那些点点滴滴的往昔……这些都会培养起一种熟悉万分的默契。就是这种熟悉的亲密感，才是心中最空虚的慰藉和要求，用来驱逐面对孤独的恐惧。

虽然每个人都需要一定范围的孤独，但是无尽的孤独，才是最可怕的酷刑！

在这个世界上，每个人人生的主要矛盾都是主观和客观矛盾。主观会导致孤独，客观会开解孤独。

在很多时候，客观代表着冷漠的现实，接受客观，并不总是阳春三月如沐春风的舒适。

人总是会越活越主观，越活越固执，拥有无法摆脱的，甚至会导致痛苦的两性关系，让我们不得不时时调整自己，必须做出一部分的妥协和让步，把自己变得更加有社会属性，学会尊重另外的个体。

我认为，无论是积极主动，还是消极被动，婚姻制度，还有婚姻中的男女，会持续纠正自我，找到更加契合彼此的形式。但说实话，我不认为人类的婚姻制度会在近几个世纪内瓦解。

每个人，无论女人还是男人，都需要一种长久的、稳定的、充满熟悉感的亲密关系，使对方成为自己的牵挂，让自己放心而安心，让自己的人生变得有意义。

这种关系可以不叫婚姻，我们有权各自定义，但是没有人能够孤独一辈子。

能拯救你的，从来都不是离婚

有一天，我送孩子们去跳芭蕾舞，坐在学校大厅里等她们下课。我身边有几个妈妈围成个圈，从上海恐怖的幼升小开始，在聊孩子的上学问题。

有个妈妈说："我孩子班上有个小姑娘，学习特别好，可问题是，这个孩子户口不在上海，考学必须回老家。老师跟她妈妈说，这得快点想办法。要不你们离婚吧，找人假结婚，花点钱，把孩子的户口迁过来呀！"

我本来在专心致志地刷朋友圈，听到这样的惊人言论，我赶紧竖起耳朵，认真听，不过好像除了我，没有人觉得奇怪。

另一个妈妈说："我们小区有一家刚离了。把财产都给了女方，男人带着孩子，跟人假结婚。假结婚最担心的是财产，一定要事先理理清爽。"

第三个妈妈说:"财产?我家表妹户口在杨浦,非要去徐汇的学校,假离婚,孩子户口倒是迁过去了。结果人家死活不肯跟她离。拖了两年,老公在外面有人了。"

最后她们的结论是:假离婚,最好让老公带着孩子净身出户,这样最保险。

我脑洞大开一直听。原来婚姻还有选学区,逃避限购,敲诈假离婚对象等,诸多待开发的妙用。

当然,我们可以抨击,户籍制度已经并不适合今天,但是扪心自问,如此轻率地接受用婚姻去换取利益,又是把婚姻摆在哪里?婚姻还有什么价值和意义?

婚姻成了一件因穿久了而失去新鲜感和光泽的袍子,换心情的时候,顺便也能换换伴侣?

有一次我和几个朋友在群里讨论:"现在女人为什么要结婚?"

自己能挣能花,周游世界,四海为家,想买啥就买啥,想泡谁就泡谁,何必去找一个固执枯燥的男人,给他生孩子,跟他吵架,防着他出轨?

婚姻岂不成了自己给自己下的那个套吗?那么我们为什么都还像麦秸盖帘上的饺子,一个一个排着队,争先恐后地往沸水里跳呢?

而且,这个世界上,不但有各种样式的婚姻,还有各种样式的离婚。

据我所知，从法律角度上来说，中国是离婚最容易的国家。离婚只需要起草一张离婚协议书，拿着户口本，就可以离。

不知道现在民政局的离婚手续有没有变化。

几年前，我的一个亲戚，两口子吵架，气不过自己拿着户口本就去把婚离了。过了两天想了想，家里老人再骂了骂，等着周一街道办事处的大妈上了班，开了个证明，又拿着离婚证去复了婚。

离婚又复婚，包括复印身份证和民政局门口的停车费，加起来花了还没有 100 块大洋。我们调侃她也忒不负责任了。

她说："我这算什么啊？我在民政局排队的时候，还看到，有一对刚登了记的，20 分钟，估计出了大门，马路都没过，又回来离了。"

今天，婚姻仿佛是百变的魔术师：可以是饭来张口的饭票，可以是父母逼婚的挡箭牌，可以是出柜的保护伞，可以是心灵空虚的救命稻草，可以是脱胎换骨的龙门……千疮百孔的婚姻以一万种形式出现，然而却唯独少了纯自然无添加的那一味：执子之手，与子偕老，相濡以沫，不如相忘于江湖。

有一个读者，跟我倾诉她的人生，我把细节隐没掉，大抵是这个样子。

她曾经有段伤筋动骨的爱情，对方是个高富帅，爱上她这个平凡的小透明。他们爱得如醉如痴，可遭到男方家族的围剿劫杀。在一连串的打击之下，高富帅退出了，去国外给家族企业开拓市场。

然而这时候，她已经堕过两次胎，是个 27 岁的女人。不过幸好，27 岁，看起来还年轻，而且堕胎这种事情，只要她不说，没人知道。

迫于压力，她开始相亲。相亲犹如马戏奇葩大会，看过一系列的表演，她碰到了一个人。

这个人平凡又普通，有房有车，有正经工作，预计未来发展稳定。当没有爱情的时候，我们更容易客观地看待实情。为了保险，她算了星座、属相和八字，宜结婚。

她已经 29 岁了，再不结，就 30 岁了。当然每个人都认识三四十岁还单着的、辉煌灿烂的姐姐，但是轮到自己，谁也不想做个孤单老女人。

她决定结婚，没有爱情，这样正好，可以平平淡淡地过一生。

一生真的没有想的那么快。结婚之后，她才明白，这和看电视不同。婚姻没有开关键，没法选择开关时间。孩子的到来，给生活增加了 15 分的喜悦，但是带来了 85 分的矛盾。

婚姻的本质是两个人一起过日子，但是爱情是过日子的黏合剂。没有胶水的婚姻，很快就裂了，她离了婚。

离婚后，她把孩子送到妈妈那里。一个人工作，一个人回家，一个人去运动，一个人吃两片绿叶的减肥餐，饿得眼冒金星。按照网上的流行趋势，买了所有的爆款口红。涂着 Dior999，凌晨一点在屋子里晃，是比寂寞更可怕的惊悚。

她和办公室那个一直对她暗送秋波的同事好了，她知道他已婚。同事的老婆闹到公司，她辞了职。没有特殊才能，徐娘半老的女人，职场竞争力指数是零。

曾经那些劝她结婚的人，父母、朋友、同事、同学又忙了起来，重新劝她相亲，另外再劝她"认命"，消停消停……

最近，微信女性流行文章主题，从"我就是要买贵的奢侈品"悄悄转变成"离婚是女人的第二春"。

通篇读下来就是：当女人终于痛定思痛，下定决心甩掉已经被"丧偶"的老公，那么同时也会甩掉很多斤的肥肉、素面朝天的不修边幅、絮絮叨叨的怨妇心态，和低到极点的职业价值，扬眉吐气，成了独立自主、优雅高贵、颐指气使的女王，为了增加点效果，后面还总是跟着一群金领男人。

类似的文章，有一个逻辑错误。

"从丧偶式的老公到金领优质男人"，我从小到大，学得最不好的是代数，但这不就是 A=B、B=C，结论就是 A=C 的最基本式吗？

难道那个丧偶式的包袱老公，不是曾经的金领优质男人？无论爱还是没有爱上，不是都曾自己跟自己说过，算了，这辈子就这个男人了？

每个人都想要更好、更美、更幸福的生活，我们以为有更多的钱，更多的爱情，更完美的婚姻，我们就会生活在云端，幸福无比。

期望于婚姻，或者失望于婚姻，把自己的人生幸福都押宝在婚姻上的人，下场都很痛苦。因为在一切开始之前，我们根本就搞错了问题的所在。

婚姻就仿佛一把利刃，割破手指头的，是握刀的那个人！

人是群体动物，我们喜欢群居，需要陪伴，害怕孤独。

爱可以有快感，但是解救不了焦虑、恐惧、不寒而栗的孤独。我们需要一种稳定、可靠、亲密的关系，在激情退去之后，安心而放心。

真正的婚姻其实结在心里，是一种坚定不移的信仰，相爱相杀，可是无论如何，就算我失去了全世界，我不会失去你。

让我们幸福的，不是婚姻，不是爱情，不是那个优质的男人，不是几百万的现金，也不是才子佳人的婚姻。

真正让我们幸福的是创造着一切的那个人。婚姻本身并不负责承载任何东西，更不负责拯救任何人。

能拯救自己的只有自己！

结婚还是离婚，请三思缓行。

没有能改悔
的家暴，
一次等于
一万次

　　修明认识简沛的时候，他有一份工作，没多高薪，但是养活自己，泡泡夜店，偶尔旅行，足够了。他们是在一个酒吧的开业典礼上认识的，烈酒买一送二，所有的人都疯了。第二天醒来的时候，修明发现自己躺在一张陌生的床上，旁边有个陌生的女人，赶快低头，幸好衣服还是穿着的。

　　那个女人就是简沛，比他大 7 岁，有一家 5 个人的小公司，离婚 3 年，没有孩子。

　　他们在一起，爱得疯狂无比。

　　他爱简沛不是因为钱。刚起步的创业公司，简沛那会儿比修明穷。

　　修明爱简沛，是因为她和他交往的所有女人都不同。她强势果断，她可以萌得像一个刚毕业的女大学生，也可以 HOLD（掌控）住低胸紧身礼服，锦衣夜行。是简沛让他真正成了一个男人，在她之前，他只是一个寡淡的男生。

简沛很快就怀孕了。他们没有用过保护措施。简沛离婚，就是因为她没有受孕。他们接受了这个老天送来的礼物，去领了结婚证，吃了顿西餐，没有婚礼，不知道该请谁。

修明的父母在很远的乡下，不能接受他娶一个大他 7 岁、还离过婚的女人。

简沛很小的时候，父母就离婚了。从此她的父亲去向不明，母亲再婚。她被外婆养大，17 岁开始，就没跟母亲讲过一句话。几年前，她的外婆去世了。在这个世上，她是个茕茕独立的人。

婚后的一个晚上，简沛摸着肚子说："我是个狼人，命中孤独。所有我爱的人，都会离我而去。我害怕。"

简沛从来都强势，这是她少有的示弱。修明把她像一只小猫一样抱在怀中，说："胡说，这辈子你有我，我一辈子都护着你。"

孩子生出来，修明的父母想来看孩子，被简沛赶了出去。简沛不能原谅，他们最初没有接受她的事实。

这时，简沛的公司像是一个终于运行起来的印钞机，开始轰轰隆隆地传送人民币。而修明还在做之前那份不咸不淡的工作。孩子需要照顾，简沛不放心请阿姨。修明离了职，成了带孩子的奶爸。

修明心中有些焦虑，生活怎么这么自然而然地，就让他成了个被包养、吃软饭的男人？

简沛懂他，她说："凭什么全职妈妈就是 24 小时无限付出的伟大牺牲，全职爸爸就是没有尊严的鸭子？这个家，你和我一起撑起来。我不在乎，你管别人做什么？"

这就是爱情，开始时都是相似的幸福，然后就变成了各有各的不幸。

在一起生活，总有各种各样的琐事可以争吵。像所有夫妻一样，他们也争吵，唇枪舌剑，针锋相对。

简沛是一个脾气坏而且暴烈的人，摔杯子，踢桌子，乱扔东西。狂怒之下，简沛打修明，把他打得鼻青脸肿，抓得遍身伤痕。

每次打完，简沛都后悔不已，痛哭流涕，长跪不起。她每一次都保证不会再有下次，然后她一次又一次地保证下去。

修明曾经试图离家出走，凌晨两点半，简沛给他发孩子边哭边哑着嗓子要爸爸的视频。

修明也曾带着孩子离家出走。他才发现，这些年简沛其实从来没有相信过他。他的卡上仅仅有几千块钱，把孩子放托儿所，都不够。

孩子终于大了，进了幼儿园。一天，有个妈妈突然戴着墨镜来送孩子，掉着眼泪给大家讲了被"家暴"的过程，所有人都义愤填膺地大骂那个"混账男人",那个妈妈说已经请了律师,要求离婚。

人群中,修明突然失语。他是男人,一个被家暴的男人。他连跟腔都不敢,他只想竭尽全力地维护他那点假装的自尊。

等了很多天,终于有天简沛回家早,有点酒气,但目测愉悦。修明给她煮了茶,端到手边说:"简沛,孩子上幼儿园了,我想去工作。我原来的同事自己开了公司,让我去帮忙……"

迎面泼过来一杯滚烫的茶水让他结束了要讲的话,简沛变成红腾腾的火球:"你有什么能耐去工作?你能做什么?做饭还是看孩子?你那同事是谁啊?我认识吗?是女的吗?你跟她什么关系?你们上过床吗?上过几次,在哪里……"

简沛越说越激动,她站起来,扑过来就打。修明没有站稳倒了下去,简沛顺势骑在他身上,左右勾拳,把他打得眼冒金星。简沛生孩子胖的那20斤,从来没有减下去。修明用了很大的力气才推开她。

修明扶着家具站起来,太阳穴突突地跳得很剧烈。他慢慢地站直,喘了会儿气,拿了烟,走到阳台上。风很冷,他变得冷静无比。

修明有意没有关上阳台上的玻璃门。

这是31楼的阳台,很窄很陡峭,一个喝醉了、正在疯狂、无法控制自己的女人,冲过来,这个世界上,每天都有意外。

他点了一支烟，凛冽的风吹在他的身上，他的血液结成了冰。

修明侧着耳朵听，躺在地板上的简沛，东倒西歪挣扎着爬起来。修明整个人紧张成一块铁板，每一根汗毛都欣然绽放。有一瞬间，他甚至在欣欣然地想着将来。这辈子，他都会是个好父亲，他要带着女儿走遍世界……

简沛终于爬了起来，发现修明在阳台上吸烟，还开着门。她如呼啸的火车一样奔过来。简沛越近，修明越亢奋，他冷静地再一次分析所有的着力点，突然他的手指被烫了一下，他的烟燃到了尽头。就是这一点疼痛，让他跌回现实。

寒冬腊月，修明出了一身冷汗：我是在干什么？我要做什么？我是个好人，我真的是个好人，我怎么会这么想，我疯了吧？她是孩子的母亲。

简沛已经奔到阳台门口了，修明转身关上了玻璃门。她拍，她敲，她踢，然后她从里面锁住了门。修明一直等到第二天清晨，女儿醒了，给他打开的门。他僵硬得无法站立，爬进客厅，晕过去之前，房间里全是女儿惊恐的尖叫声。

他知道，这辈子他要想活下去，只有离婚。

我想很多人也和我一样，心中有疑问。

就修明而言，作为一个身高 1.78 米的男人，怎么被老婆打成这样？其实，不是他不想还手，而是不敢。开始的时候，他没有底气，后来他没了勇气，他是个被撕裂的空心人。

每个人都有个透明隐形的能量泡泡，是自信，是底线，也是安全，不被侵犯，把我们包在其中，让我们安心。

而家暴是一种暴戾的张力，打破了我们自己的能量泡泡，把我们软弱、不堪一击的肉体暴露在可以被氧化和腐蚀的空气里。所以，家暴绝对不仅仅是欺负弱小，家暴更重要的是侵蚀了自己的人格和信心。

家暴常常披着爱情的外衣。我打你，是因为我爱你，我不能自抑；我打你，是因为我爱你，你是我的唯一；我打你，是因为我爱你，我爱之入骨。

家暴常常有一条被驯服的锁链。不打的时候，会对你很好，知冷知热；打了之后，长跪不起，知道错；日子和伤疤一样，都会过去的……

相信我，家暴和爱情无关，和学历无关，和体力无关。家暴是病态的个性，错位的观念，尊卑的气势，肆无忌惮，蹂躏尊严。

其实，家暴有了第一次，就会有接下来的一万次，只有零次和一次的区别。

无法原谅，不能姑息，零容忍。

结婚是两个人的一个契约，

在一起风雨兼程，同舟共济

我们从两个人变成了一个共同体，荣辱与共，永不分离

婚姻，让我们成为我们

女人养家，是婚姻不幸吗？

认识卢中瀚那年，我 30 岁，住在南法的一棵李子树下面，杂物间改成的十几平方米的房子里面。房东是一对退休的老夫妻，冬天去滑雪，夏天去海边，一年总有几个月不在家。把杂物间改成一个小房间租出去，省了雇人给他们看院子。

那时候，我已经不是学生了。在失业率奇高的南法，有份固定工作。工资比法国最低工资略多一点，外加年终分红，也算悠哉。因为法国最低工资，不是最低生活保障的意思，有了最低工资，就要开始交个人所得税。所以我虽然不是高薪精英，但是工资可以让我自给自足，出门穷游，偶尔购物，还能有点积蓄。

那年，卢中瀚也 30 岁，在一家国际知名的上市公司做小助理。他刚刚贷款买了一套小房子，比市场价便宜百分之三十。不是他运气好，是因为那个在顶楼的房子漏雨，房内一塌糊涂。他工资比我多，但是修房子，买建筑材料，还房贷，养车，再修车……到了月末比我还不如，月光族。

我们开始的时候，异地恋。法国的火车票价格是变动的，我们用两个受了高等教育的大脑，拼命想，总能找到办法，订到最便宜的火车票。

后来的一年，他被派到西班牙，我们成了异国恋。从那个时候起，我们就一直在修炼网上订票的功力，一年中我去了3次西班牙，全是特价票。

我还订过一次零欧元的往返机票，只付了几十欧元的机场税，巴黎往返布拉格。可惜后来这家航空公司倒闭了。

在失业率奇高、经济非常不景气的欧洲，两个人都有稳定的工作，每月还能有点结余，就已经是不错的生活了。我们没觉得自己穷，一起工作，一起赚钱，一起花钱，一起省钱，快快乐乐。

我们决定结婚，没有做婚前财产公证。因为我们没有什么财产，不知道要公证什么东西。

我们去 Celine（塞莉纳）和 Vincent（文森特）家吃饭，卢中瀚跟大家说："我之所以决定和卢璐结婚，最重要的原因就是，和她在一起我放心。我知道将来无论怎样，没有我，她也能够自己独立地存活下去。"

他说这话的时候，我正在厨房帮忙。是一个朋友告诉我的，我当时就火冒三丈，强忍着没有当众跟卢中瀚翻脸。

别人老公都是浓情蜜意地说："跟我在一起，我养你一辈子。"

我家老公却说："我娶你，就是因为我相信你可以不用靠着我活下去。"

凌晨两点吃完饭，我们开了一小时的车回家，在路上我们有过一次非常严肃而深刻的谈判。

卢中瀚极其认真地对我说："如果有一天，我的收入可以支撑我们的家，你可以停止工作。但是你不可以用婚姻做幌子，躺在地上摊成一堆，荒废光阴。我不要求你一定要赚钱，但是你要做些对自己人生有价值的事情。我们都是成年人，就算结了婚，我没有养你的义务。"

在欧洲这么多年，我同意这个想法，只不过在亚洲人耳朵里这些话听起来让人很不舒服。卢中瀚一手开车，一手在黑暗中伸过来，抓住我的手说："你看 Celine 和 Vincent，我相信我们也可以。"

Celine 和 Vincent 是卢中瀚很多年的朋友，这次请大家来吃饭，是因为新买了巴黎郊区带花园的独栋别墅。

正是春末，我们在花园里吃烤肉。一盘盘往花园里端很麻烦。Celine 找出了一个带着轮子、两边可以支起来的小桌子，一次推一桌子东西，非常方便。

吃饭的时候，小桌子又派上了用场，临时放要吃的东西和饮料。

桌子不撑起来的时候，非常窄，放哪儿都塞得进去。

Celine 看着她的小桌子，突然跟我们讲，当年他们当学生的时候，住在巴黎市区一个 14 平方米的小房子里。巴黎的老石头房子，14 平方米户型还不规则，去掉马桶浴室、做饭的炉灶和沙发床，真的已经没有地方可以摆下一张桌子了。

他们跑了很多地方，找到了这个最小最细的桌子，是 Vincent 自己给桌子安上了轱辘。空间实在有限，桌子不能固定在同一个地方。

Vincent 大专毕业之后，就开始工作了。大专不是什么高级学历，工作也就是在大学里当个小助教，工资不高，但是毕竟有了收入。

他们从 14 平方米的石头顶楼搬出来，租了一个 35 平方米的小公寓。搬家的时候，一箱衣服，两箱书，两个盘子两只杯子，唯一的家具，就是他们带着轮子的小桌子。

Celine 一直在读书，她读到博士的时候，就已经有了收入。Celine 有了收入之后，他们一起买了一套 100 平方米的房子。搬家的时候，东西多了些，家具还是他们的小桌子。

Celine 博士毕业后，顺理成章地进入一家巨型公司，成为精英白领。

我认识他们的时候，Vincent 还是助教，利用业余和周末的时间，在一所非常著名的大学里进修自己的专业，试图通过大学教师资格的考试。Celine 已经是公司研发部项目经理，领着几十个精英工程师，负责上千万欧元的项目开发。

从经济收入、社会地位来说，他们俩怎么看怎么不合适，可是他们举手投足，眼波流转，怎么看怎么令人羡慕。

从 14 平方米，到 35 平方米，到 100 平方米，再到现在的独栋别墅，他们总是带着自己的小桌子。虽然现在其他家具都变成了沉重的橡木，小桌子还是贴着塑料的空心板。

这是他们的爱情，也是他们的往昔。

在国内，有一句非常流行的话："我负责貌美如花，你负责赚钱养家。"

当一个男人经济地位和社会地位没有自己老婆好，需要依靠老婆的时候，就是人人不齿的"吃软饭"。

当一个女人经济地位和社会地位没有自己老公好，需要依靠老公的时候，是嫁得好，有福气。

现在国内"女性独立"变成了一个流行的话题。成百上千的文章专门写"伪女性独立"：

女人要美美美，要买买买，要品质，要精致。口红，我可以买得起，包，我也可以买得起。我负担得起我自己，我从来不欠男人什么，我独立。

可是这样扬眉吐气的文章中，没有哪个人讨论一下，家谁养？孩子谁养？房子谁买？车谁养？

父系社会三千年，我们理所当然地认为：养家是男人分内的事。不需要男人养，自己能养得了自己的女人，就已经是顶天立地的了。你还要怎么样呢？

如果让我养家，我干吗还跟着你？我养你也可以，看看人家邓文迪，21岁的肌肉男模，你自己照照镜子，可有一块腹肌？

这个世界在不停地改变。20世纪之后，女人不再需要缠小脚，女人可以出门抛头露面，女人可以受教育，堕胎，离婚，有选举权。

工业革命，让工作离体力越远，离脑力越近，让女人可以工作，可以赚钱，养活自己，养活自己的家人。

结婚是两个人的一个契约，在一起风雨兼程，同舟共济。我们从两个人变成了一个共同体，荣辱与共，永不分离。

20世纪以后，婚姻关系也在改变。女人可以赚钱养家，男人也可以做家务，看孩子，各有分工，各取所需，各尽其能。

婚姻就是两个人在一起，一撇一捺地顶起了天，天底下有我们的家，我们的孩子，我们的子孙。

我和卢中瀚结了婚，生了孩子，他找到了派到中国的工作机会。根据我们婚姻的现实情况，我们选择，我暂停了工作在家看孩子。

和很多资深媒体人不一样，我写文是非常偶然的行为。最初写文，真的就是在带孩子之余，找到一点价值感。那时候，没有人能相信写几篇鸡汤文居然可以赚钱。

是卢中瀚一直在鼓励我，督促我，支持我去追求我早就已经不敢正视、惨不忍睹的年少的文艺梦。他说："我赚钱，就是为了让你可以追求你的价值。机会来了，你快去。"

我拼命地写，日思夜想地写，挖空心思地写，写得老眼昏花，写得头发稀疏。

我记得 10 月的时候，我和一个朋友一起出去吃晚餐。我请她去，心情愉快地对她说："我的公众号终于有了收入。这次我请你，因为我花的是自己的钱。"

她问："你准备怎么处理你的钱？"

我有点诧异："这不是我的钱，是我们的钱。"

子觅已经 4 岁了，可以开始跳芭蕾舞；思迪一直想学滑冰和网球；我们全家旅游，可以住好一点的酒店。如果我还能继续赚点钱，回法国买房子的时候，希望能多加一个房间，或者把卢中瀚梦寐以求的车库买得大一点。

这是一个消费型社会，没有花不出去的钱。

或许我们很快就要回法国了。回了法国，卢中瀚的工资没有了补助，会急速缩水，减了再除。可是这又有什么关系？

在我没有赚钱的时候，他没有嫌弃我是家庭妇女，鼓励我去做我喜欢的事情。

在我赚到钱的时候，我为什么要嫌弃他赚得没有我多，他没我有名气？

他还有我，我还有他，我们一起赚钱，一起想办法省钱，一起努力，携手共济。

结婚就是一个结，从那一天起，把我们系在一起同舟共济，不离不弃。

这个世界上，最值钱和最不值钱的都不是钱，是感情。

走进婚姻中，幸好我们有感情，钱可以慢慢赚。

婚姻的秘诀原来就是：好好吵架！

去泰国度假，我和卢先生吵了无数次架。

其中最激烈的一次，过程如下：

蓝天，白云，碧海，椰子树，白沙滩，滴着水珠的鸡尾酒，清澈无比的游泳池……如果有天堂，也不过如此。

两个孩子泡了一下午了，把她们从水里捞出来，我们一人一个，大概擦了擦。准备回房间洗澡换衣服，然后去海滩上吃烤鱼。

我正在捡东西，听到卢中瀚说："亲爱的，其实你真的不需要几秒钟，就可以把它们叠得整齐。篮子里面，比较好摆。"

我低头一看，躺椅上两条浴巾，的确不同。

我气不打一处来。这有关系吗？3分钟走回房间，就可以拿出来晾上。篮子那么大，不叠也装得下两条浴巾啊？

后面的过程就不用仔细说了。于是乎，我们这两只怒气冲冲的刺猬鱼，从夕阳西下一直吵到太阳落山。

围观群众说，这种鸡毛小事都能吵起来，你们真无聊。

可是，这哪是一个叠浴巾的问题呀？

这明明是人生准则，人生态度，生活方式，婚姻要求，你爱不爱我，你应该怎么爱我的问题。

如此严肃重大、有关生死的问题，我不争取，怎么可以？

我不知道，为什么所有婚姻爱情专家都把没吵过架，相敬如宾的夫妻生活奉为婚姻美满？看多了这类的言语，我们指天对地发誓："要好好在一起，一定不吵架。"

可是，在我认识的活人中，我发誓，我没有见过不吵架的夫妻。每一对都在吵，而且都在为一些让外人匪夷所思的缘由，吵来吵去，不止不息。

结婚为了一辈子，日复一日，重复的平淡生活，总需要有点刺激。

你让我疼，我让你更疼。痛比爱更深切；吵架比甜蜜更让你知道，我还在这里。

不吵架的婚姻，是不存在的。

夫妻吵架其实有点锅里水开了的意思。

水开了，不停地往外潜，造成了一个即时存在、需要处理的危险。

这个时候：

A. 关小火。

B. 舀出一勺热水。

C. 加进一勺凉水。

都可以暂时化解危机，赢得一段时间，静等下轮来袭。

当然这三个选项，也都是治标不治本、只救眼前的办法。

你自然可以选"D. 不烧那锅水"。

可是别人都用热水沏茶泡面的时候，你捧着自己的冷水，未免心冷意寒。

一场婚姻能不能持续下去，不是谁对谁错的问题，而是危机出现，双方是否可以找到一种应急的措施，重新达到阶段性的平衡的问题。

对，阶段性的平衡。兵来将挡，水来土掩。不需要，也找不到，臆想中一劳永逸的法子。

话说回来，永远能够有多远？

一辈子不过几十年。

结论是，吵架的时候，没有对错，只有观点。

婚姻就是一条破破烂烂的贼船。上得容易下得难。在讨论上下对错之前，我们的焦虑重点是，怎么才能保证这艘破船不翻？

只要船不翻，有一天算一天，每一天都可以让我们漂洋过海，走得更远。

所以当我们不再把吵架变成审判现场，必须当场认罪的话，吵架也许就有了不同的意味。

吵架只不过因为我和你想的不一样，一下子说服不了对方，就用更猛烈的方式表现出来。

其实每次吵架之后，并不一定必须找到一个切实可行的解决方案，有效控制类似情况再次发生。

无论双方是否达成谅解，架吵出来了，至少都猛烈地表达出了自己的观点。

吵架若真到了伤感情的地步，按照我的经验，常常是因为有一个什么耿耿于怀的心刺，或者说出了什么不该说的"狠话"：

"离婚孩子归你""我从来就没有爱过你""我迫不得已嫁给你""你怎么能够跟她比"。

说出去的话，泼出去的水，收不回来。晾干了还有个水痕，触目惊心。

虽然吵架的目的是弄痛对方，可是夫妻是挨得最近，已经长在一起的植物，弄得太痛的结果，往往是害了自己。

在自己的婚姻里，自己是最知道什么能说、什么不能说的。

无论怎样怒气冲天，也要留一点余地，不是为了留给对方，而是为了留给自己。

有女朋友跟我说，世界上最重要的人是父母。老公可以再换，父母不可以。

还有女朋友跟我说，世界上真能靠得住的，只有闺密。老公可以再换，闺密却是一辈子的陪伴。

兄弟如手足，女人如衣服。什么时候换成了，父母闺密如手足，男人如衣服？

面对父母，我是孩子；面对孩子，我是父母；面对朋友，我亦是朋友。每一次，我都是在扮演着另外一个单独的角色。

唯独面对伴侣，我加你等于我们。少了你，就不再是"我们"。这一次我们扮演一个角色，共辱共荣。

吵架是我们之间的私事，不需要去和别人哭诉，更不需要评理。

常常我们看着别人的婚姻，由衷地说："要是我，我才不能接受呢。"

其实，别人看我们，亦如此。

每一对夫妻都是一组走在钢丝绳上，左歪右拐、惊险奇妙的平衡体。

对与错，有理无理，都换不来那一句"我愿意"。

每一个人都有自己的消气模式。

我是开始时为了事情吵，后来为了和好吵。只要不和好，我都还在吵架模式中，焦躁不安，四处乱撞。

卢中瀚是吵完需要一个人冷静一下。冷静过后，什么都好说，否则怒气冲天，无法控制。

最初，有一次吵架，吵到最后他要出门，我拦着。他怒火冲天地把我推开，冲下楼。我跟着他跑，他慌不择路地开车就跑，我跟着车跑，跑不动了，趴在马路上哭，撕心裂肺，穷途末路。

现在他知道，我接受不了，他吵到最后摔门出去。吵到最后，他会躲进厨房或者卧室，偶然下楼，也就是一根烟的工夫。

现在我也知道，吵到最后，他需要镇定一下神经。再生气，我也要忍住这一刻，然后就有话好说。

婚姻是相互让步，不是一方退步。退到崖边，坠崖还是造反？

毕竟婚姻的目的，不是把我们复制成另外一个人，而是让我们学会接受，凸凸凹凹，严丝合缝，精雕细琢。

有很多人问过我，到底什么是婚姻的秘诀，我们婚姻的秘诀到底是什么？

其实我没有。

因为我们也常常吵架，脸黑心冷。

而且我们也不止一次拍着桌子喊，从此萧郎是路人，一拍两散。

人吃五谷杂粮，岂能无病，婚姻等同。

完美的婚姻只存在于童话故事里面。童话很美，就是因为只能观赏，不能当饭。

不要惧怕争吵，也不需要拼命努力克制自己。没有人能够忍让一辈子。

吵架是在做减法，像是扔垃圾，新年大扫除，还有努力减肥。把搁在心里的坏情绪扔出去。

说到底，吵来吵去，还是因为在乎。

希望他好，看不得他坏，恨不得一把抓过来，捏着脖子，把心掏出来。

我们一起慢慢成长，牵着手吵，牵着手爱，牵着手看云淡风轻。一直到我们几十年之后的那个永远。

最悲伤的其实不是吵架，而是口张开，却不再有人骂回来。

十月怀胎，
如何唤醒
父爱

在我和卢中瀚正式开始造人的时候，我已经 32 岁了。看看周围朋友们求子的艰辛，我们的计划是在我 35 岁前生出来，就算万幸。

措手不及，备孕第三个月，我就怀孕了。

思迪是我们这对拖延夫妻，第一个比原计划提早完成的任务。意义非凡。因为从那时开始，这一辈子，总有思迪这个活生生的例子在告诉我们，原来我们也有不拖延的可能性。

孕 5 周，和闺密喝咖啡，两个人抱头痛诉。她骂那堆不靠谱的男人。我哭诉："世界末日来了，我怀孕了。"

她嗤之以鼻："这是你们做好决定、做好计划、卡着点来的孩子，你还有什么不满意？"

是呀，没有什么不满意，我接受。可是我一想到，现在肚子里有一颗受精卵，9个月之后会变成一个叽哇乱叫的婴儿，从此我要担负一辈子，活了32岁，独来独往自由惯了的我，恐惧就大于欣喜。

这好像是死。每个人都知道总有一天是会死的，可是当你知道自己的死期、必须面临死亡的那一刻开始，你一定是绝望无比的。

我不知道是不是思迪在肚子里听到了我沮丧的心声，当晚回去，我就开始头晕目眩，浑身发冷，开始了一场异常剧烈、持续了3周半的感冒。高烧38.5℃。我每天都面如菜色，上班点卯，精疲力竭，虚弱无比。

从头年我们就和朋友们说定了，到我过生日的那个周末，一起去滑雪。

怀孕加感冒，我只能悻悻然取消了滑雪的行程。我表面大方地把选择权交给卢中瀚自己，然而，他不但没有取消他的行程，还加请了一天年假。

他周四下午提前下班就和朋友开车去了里昂。里昂有他一个死党。快到的时候，给我来了个电话请假："我马上就到Vincent家啦，今晚早不了，不用等电话了。你好好保重，早点睡觉。"

这个男人就此消失了。

一直到周日下午，卢中瀚才给我打电话，电话里面的声音神清气爽，兴高采烈，开着扬声器，带着一车人大唱生日歌，唱完之后说："Pierre（皮埃尔）知道一个勃艮第酒窖不错，离得不远，我们决定顺便去看看，估计很晚才到巴黎。"

我还想说什么的时候，雪山上信号不好，断掉了。

他凌晨两点半才带着一身的寒风回到家，搬着三箱葡萄酒，正轻手轻脚地脱鞋。我一下子打开了客厅的大灯。

后面的场景就不用写了，吵到我撑不住要睡了的时候，他还觉得很委屈："这都快4点了，你还有精力站在这里和我吵架，说明你有充分的精力和体力。怀孕不是病，你又不需要人照顾，你不能去滑雪，我为什么不能？"

如果当时我能够从肚子里把那个该死的受精卵拿出来，我一定会重重地摔在他脸上，然后跟他就此别过，一刀两断。

问题是我不能。

我真是瞎了眼睛，我又气又急又委屈，情绪激动，跪在地上，捂着嘴巴干呕起来。

人体真的是一台无比精密的仪器，那是我孕8周的一天。书上说，恶心呕吐，对绝大多数女人来说，仅仅是从孕8周到孕13周左右的一个症状而已。

我的鼻子变得像警犬一样很灵敏。

每天卢中瀚回家，进门要先去浴室，用我买的纯天然绿色浴液洗过澡，才能来跟我说"你好"。

巴黎冬天很冷，我却要开着窗户把暖气打到最大，否则家里会有陈腐的味道。

喝水要喝特定牌子的矿泉水，其他牌子的水，一律都有塑料的味道。

衣服洗好要用清水再漂洗一遍，否则有洗衣液的味道。

多少次卢中瀚忍无可忍立起眉毛想和我理论，他还没靠近，我已经捂着嘴巴干呕不已："你是抹了古龙水，涂了定型啫喱还是喷了止汗喷雾？"

这么奇葩的日子，别说他了，连我自己都觉得很难熬。度日如年地数着日子，数到孕13周，我终于渐渐地不再恶心。

笑纹还没有展开，我在睡梦中，被手臂麻醒。

整只手一直到肘关节都是麻的，完全没有知觉。从此每天晚上都会被麻醒1到3次。排队看医生，给我开了那种残疾人用的手肘支撑，晚上裹好再睡觉。

接着只要我坐得久一点，左边的胃和胆之间有个位置就会疼。去拍片子，没有任何结果。医生说，可能是子宫在长大，把这两个器官压到一起了，此题无解。只能疼的时候，自己换换姿势。

再然后，我1小时糖检不过，惊惶失色地请了假，去医院做3小时糖检。我没有弓形虫抗体，每个月都要抽血，加上1小时糖检抽两回，3小时糖检抽了4回血。那一周我的胳膊有点吸毒患者的意思，伸出来全是针眼。

再再然后，腿肿了，买了专门的腿部减压清凉膏，要每天按摩；脚肿了，只能穿凉拖；手指头居然也肿了，戒指都不能戴。我打了肥皂把戒指都摘下来，找了根链子都挂脖子上了。

肚子大起来，行走如鸭子。子宫压到膀胱，总想去厕所。最尴尬的是，忍不住打个喷嚏，都有可能有尿液滴出来。在自己家里也就算了，去朋友家吃饭，大家觉得一晚上我都待在厕所里。

还有半夜睡觉突然抽筋；肚子太大重心不稳；每天疲惫不堪，长睡不醒；肚皮是往左歪左边疼，往右歪右边疼……

怀孕生孩子有点像一个挑战性超大的电脑游戏，一波未平一波又起。你以为忍忍，忍忍，再忍忍，解决了眼前这个问题就可以静享太平，那真是在做梦。

从受精卵生成的那一秒钟开始，女人就成了上了磨的毛驴，一世一生。

207

我怀孕 7 个月的时候，卢中瀚被调到中国项目组，一个月到国内出差 3 周，在法国仅 1 周。

思迪出生的那个月，他在法国待了 2 周，还花了 3 天去阿尔卑斯山里看了看他哥哥。

思迪两个多月时，他回法国，这次的任务是全家都搬回国。

10 天，我们包好所有东西，把房子腾空，打扫得差不多，交接给房客。10 天我们换了 3 个地方住，要什么没什么。

如此动荡的环境，让不到 3 个月的思迪每天紧张惶恐慌慌不安，她像一只小树袋熊一样挂在我身上。有时候，就是在我的怀抱里，她也会大哭不止。这让和思迪生活了没多久的卢中瀚根本无法相信，这个孩子也可以自己躺在床上玩，也会很安静。

　　我们 1 月 4 日从巴黎出发，北京大雪，飞机在戴高乐机场滞留 6 小时。

　　思迪在贵宾候机室号啕大哭。候机室里全是聚精会神捧着电脑的精英，突然冒出一个止不住哭泣的婴儿，人人皱眉，气氛尴尬。

　　我抱着思迪晃，左晃右晃都不行。卢中瀚接过思迪，试图让她安静下来。问题是思迪不熟悉爸爸，卢中瀚一抱她，哭得更凶。高昂的哭声就好像扔在火上的油，一下子把卢中瀚连日的火气点着了。

　　我想把思迪抱回来，他坚决不肯。抱着思迪就走了。我的座位对面有面玻璃，我看得到我面色如土，眉头紧锁，一副心脏病发作的样子。

　　等了不知道多久，在我都石化了之后，卢中瀚终于回来了，抱着已经哭晕睡死过去的思迪。

　　曾经在一个妈妈论坛里，我看到过一个讨论热烈的话题：

　　你是在什么时候，感觉到自己真正成了一个妈妈？

　　母亲是这么伟大光荣的称号，我们理所当然地觉得从备孕开始，女人就成了母亲，无私无畏，奉献无边。事实上有血缘并不等于有亲情。

血缘是我们命中注定、无法更改的密码，可亲情却是需要时间培养和磨合才能滋长得茂盛。

医院产房，当护士推着一车子叽哇乱叫、皱皱巴巴的小丑孩送过来喂奶，递给你哪个，你接着哪个，没有问题。

可是一周之后，我们就会真正地认定，这个孩子是我的，不可以换，不可以改，一世一生。

作为一个女人，我从怀孕的那一秒钟起，9个月我自己身体经历每时每刻的变化和折磨，就算我自己不去刻意地想，我已经是一个母亲，我还是知道我已经大为不同。

作为一个男人，就算是一个想要孩子、决定要孩子、渴望要孩子的男人，当他不和怀孕的老婆待在一起的时候，如果没有人或者事情特别提醒，他的生活根本没有任何不同。

怀孕生子，对于男人，仅仅是感同身受的体谅，可是对于女人，却是亲身经历的细节。

经历不同，程度不同，感情不同，表现也不尽相同。

面对几个月软绵绵只会哭的小婴儿，会极大地激发女人爱护弱小、温柔呵护的母性。

面对几个月软绵绵只会哭的小婴儿，大多数男人都会不知所措地发愣，紧张地向后躲，生怕指头伸错了，把宝宝戳疼。

父性和母性都是最伟大的肺腑深情。可是位置不同，形式不同，方式也不尽相同。唤醒父性，需要交流、逻辑和理性。

女人可以觉得委屈，觉得不公平，去骂去争去哭去闹腾，把自己的心戳得伤痕累累，把自己的婚姻剪得千疮百孔。可是无论如何，我们改变不了自然的安排。从原始社会起，男女就分工不同。

好的婚姻绝对不是一场蛇吞象的战争。

好的婚姻应该是联姻联手，合并双赢。

给这个男人一点时间，让他从感同身受变成亲身经历，让他亲力亲为亲手建立和孩子们的感情，让他从一个贪玩利己的大男孩，变成一个有责任有担当的父亲。

罗马不是一天建成的，上海也不是一天建成的。

怀胎九个月，女人才能成为情深似海的母亲。

男人也需要一点时间，亲手操作，耳鬓厮磨，才能和孩子变得亲密无间。

给这个男人一点空间，看他笨手笨脚地照顾孩子，看他宠爱过度，看他严厉抓狂；让他用他自己的方式走进孩子的生命；让他们有一点亲密无间的私密空间。

现如今卢中瀚已经入行 7 年。他还是一个有诸多缺点和令人抓狂的老公，但是我也不能否认，他已经成了一个最亲最爱、无微不至、深受孩子热爱的父亲。

　　每天他到家开门的那一刻，是我家整个晚上最欢快的时刻。两个女儿都伸着手奔过去，跳进爸爸的怀里。

　　女人的使命应该不是含辛茹苦，默默奉献自己的一生。

　　女人的使命应该是创造出一种舒适的家庭模式，让每个人都乐在其中。

　　孩子，你慢慢来。我慢慢陪着你，静待花开。

　　老公，你也慢慢来。你慢慢陪着我们，沧海桑田。

　　一辈子说长不长，说短不短，但是我们有足够的时间，跋山涉水，一直走到春暖花开。

婚姻不为精益求精，而是宽容

结婚纪念日的早上，我催着孩子起床，吃早餐，穿鞋，正准备出门，卢中瀚敏捷地跑过来问："给我一张银行卡？"

在纪念日的早上问我要银行卡，女人的直觉都一流准确。

我拿了一张卡说："2000 块，够吗？"

他摇头。

我又拿了一张卡说："这里面好像差不多有 3000。"

他开始冒火："卢璐，万一我们有什么紧急情况，你不要告诉我，你就只能拿出 5000 块。把钱存在银行里生小钱，你觉得安全。留一笔需要随时就可以动的钱，我才觉得安全……"

这可能是法国人的通病。我有个住在上海的法国朋友，钱包里永远都有 2000 欧元现金，为的就是随时可以跳上出租车直奔机场。

我捂着耳朵拿了一张卡给他："不过，要这么多钱，你能给我说说，你准备买什么礼物吗？"

卢中瀚是动力机械工程师，大脑的褶皱长得跟平常人不太一样。礼物常常匪夷所思令人惊叹，我要把把关。

想当年，圣诞节，卢中瀚第一次送我礼物，我还住在法国南部。

早上起来有邮差来按门铃。是个大概有 80 厘米高、80 厘米长、50 厘米厚，巨大的打了木框的纸箱子。我吓了一大跳，我还以为卢中瀚把自己封进去，到时候跳出来喊："Surprise（惊喜）。"

邮局的人帮我搬进门，邮局的人也傻眼了，12 平方米的小房子，放哪儿呢？最后直接就给我摆在桌子上了。

我费了 1 小时，才把木框、纸箱、泡沫塑料、报纸层层打开。在拆的时候，我心悸动，是什么，是什么，到底是什么？

终于打开，是一个灰色奇怪的机器，可以调高矮。

我又看了看地址，的确是卢中瀚寄给我的。我给他打电话，他得意扬扬地告诉我，那个怪物原来是手工彩色放大机，手工冲洗胶卷用的。

通过电话，他也能感觉到我的零下 372 摄氏度，赶快说："好奇特的礼物，你想不到吧？"

我心说，能想到的人，才奇特。

他又解释："你知道吗？可以洗彩色又保养得好的机器非常难

找。我找了好久，去看了很多专业旧货市场，才找到这个。"

"可是数码时代，为什么要送这个给我？"

"你爸不是送给你一个尼康胶卷机吗？以后我们就可以在家里冲洗自己的胶片啦。要说拍照片，数码技术在很长的一段时间内是追不上胶片的……"

我得用了多大劲才咬住牙，把想说的话生生地吞了回去，差点噎得喘不过气来。

问题是放那个怪物的桌子，是我房间里唯一可以放东西的地方。接下来几天，我得在凳子上切菜，饭做好，在床上吃。

等他来南部，又花了两小时，重新打包，寄回巴黎。之后，因为占地方，被移来移去，最后终于找到卧室里一个空，塞进去，落灰兼堆衣服。

有一次我们一个朋友看见了说："这个东西你不要，就给我吧。我在车库里建了个暗室，正在研究洗照片的技术，很有趣。"法国人常常有很奇怪的爱好，我也就见多不怪了。

我赶快说："好，拿去。"这边朋友还没接上话，那边卢中瀚不同意了："这是我送给你的礼物，你怎么可以随便送人？"

朋友讨了个没趣，回去了。卢中瀚说："你知道这个东西多少钱？你就送给他？"

我送给卢中瀚的第一份礼物是一支万宝龙签字笔，他的怪物居然要比万宝龙笔还贵出一倍有余。

又过了一阵子是我生日。卢中瀚已经开始常驻西班牙。他们的女同事找到了在西班牙和葡萄牙交界处的 ZARA 工厂店，开几百公里的车过去，卢中瀚给我买回来一大包二十几件衣服。

我们两个在客厅打开，一件一件地拿出来看。

根据卢中瀚后来说，他在我的对面，看着我的脸，晴转多云，再到阴，最后梨花带雨。

自然色粗棉线扭花宽毛衣，配自然色亚麻宽腿长裤；长到包臀的原白色西装外套，配西裤；T 恤衫，运动裤。

总之看来看去，这二十几件衣服都买给同一个女人：要高，要瘦，平胸，长腿，肤色淡浅，金发碧眼。

除了平胸，没有一条我符合，我还不哭？

因为我的恶劣表现，严重打击了卢中瀚给我买礼物的积极性。他总结经验改变策略。纪念日就是去餐厅，有时加埃及睡莲，反正不再买礼物。

滑雪在法国是一个烧钱的运动。因为要教练，要装备，要滑雪场，和死贵的滑雪小镇的住宿。所以我在法国这么多年，一直都没去滑过雪。

结婚第二年，卢中瀚说，冬天一定带我去滑雪。

有天中午，我在忙的时候，卢中瀚突然来了，给我打电话让我出来。我一出来，他直接把我拉上车。我说："你干吗？"

他笑笑神秘地说："有惊喜。"

夫妻总是知己知彼。他说有惊喜，惊得我的心头直抖。

他带我去了一家很大的专业滑雪装备商店。他一进去，卖东西的小伙子认识他，冲他笑笑说："人带来啦？"

然后小伙子就去后面给我抱来一件专业滑雪衫。穿上正好。店员跟我说："这是 34 号，专门给你调的。这位先生来了好几次了。说你最怕冷，保暖我们最专业。"

我左看右看，滑雪衫再掐腰，也是鼓鼓囊囊的肿，还是暗暗的土绿色，衬着我菜色的脸。转头看见卢中瀚讨喜的表情，我勉强地点了点头说："好吧，就这件。"

我在等着他付款的时候在店里转了转。无意中拿了一件衣服的价牌看，一下子就变了脸。

等我冲到柜台，钱都付了，包都包好了。

我没有滑过雪，我根本不知道这个牌子有多贵。其实如我这种滑雪菜鸟，所有的装备都可以租。花不了多少钱。

结果要去滑雪前的两周，我被发现怀孕了。到现在我也没去滑过雪，可怜那件死沉死贵占了巨大面积的滑雪衫一直在柜子里，快 10 年了，也还没有见过雪。

从此我们达成协议，他再也不自作主张地给我买礼物。礼物都是我们逛街的时候，随着我的眼神买。自从我成了黄脸管家婆，他更少买礼物了。

最近一次买礼物，是去年情人节的时候，他去买了一盆兰花回来。我问他："钱哪里来的？"

他居然说："管来实习的那个小子借的。"

真是汗颜。

面对我的疑问，卢中瀚故作神秘："等会儿给你发地址，晚上我们一起去看，这次包你喜欢。"

下午，卢先生给我发了一个地址，是徐家汇的港汇广场。

我们一起进了港汇，他熟门熟路地领着我走，我转头问："你怎么这么熟悉？"

他说："昨天来踩过点。"

我迅速回想一下："你平常总是那么晚回家，是因为常常去踩点吗？"

他摇头："聪明的女人，这个时候请不要说类似的话。"

抬头我们到了一家气派的珠宝店门口。店员小姐果然记得他，老远一见满脸带笑："您又来了。"

废话没有，直接带我们去看他昨天看的那款钻石耳钉，闪得耀眼。

从那个怪物放大器，到钻石耳钉，纵然他遇到我这么一所好学校，也学了 10 年。我终于明白为什么已婚男人比较受欢迎，道理很简单，现货总比期货值钱。

我戴上耳钉左看右看，品质没的说，闪闪闪。美了一下，摘下来，放到丝绒托盘里，转头说："走吧，我们去吃饭，今天要吃得好一点。"

卢中瀚不明白。

我心说，这个男人是白痴吗？款看过啦，有谁不知道奢侈品牌在中国大陆要贵得多？

他好像听到我的心声说："我查过了，价格已经调过了，仅仅贵几个点。"

"法国百分之十二的退税，你不算吗？算下来，就差了好几千了。等我们回法国再买好了。"

他说："可是今天是我们的纪念日呀。"

这下轮到我发呆了，愣了一会儿，我提心吊胆地问他："你不合情理地非要送我这么贵的礼物，难道你做了什么令你内疚的事情？"

他的眉毛立起来，说："你，你，你……"

因为我们一直在讲法语，难为了面前那个不懂还硬看的店员。

我又看了看钻石耳钉，心算了一下在巴黎买的差价，还是舍不得那几千块钱，仰起头说："反正我是你老婆，目前看来，到今年夏天我们也离不了婚。我不怕你不给我买，我们还是去巴黎买好了。"

他看着我说："礼物是送给你的，你确定？"

我点头说："我确定。"

10 年，让他明白送礼物要可着女人心，譬如钻石耳钉。

10 年，让我知道要活得舒坦，要走在地上，不是飘在天空。

婚姻让我们每个人产生翻天覆地的变化，不过他是从地到天，我是从天到地。

男人来自火星，女人来自金星。在一起，那是因为我爱你，但是一起走下去，却需要一点一点地磨合，心意相通。

婚姻说到底，不是为了精益求精，而是要修炼成彼此的宽容，才能一步一步地走下去，一世一生。

**不是婚姻
改变了女人，
而是女人
改变了婚姻**

我做全职太太是个非常偶然的事件。

我刚认识卢中瀚的时候，他仅仅是个项目助理，工资不高，工作不少，忙得到处跑。我在法国已经有一份不算高薪，也不算高职，但是足可以养活自己的稳定工作。

我规划的婚后生活，就像法国个人所得税宣传资料上画的那样：一对夫妻，两个孩子，各有收入，报税光荣。

我怀孕期间，卢中瀚有了一个国内的 offer。然后我们抱着三个月的思迪回了国。我顺理成章地变成了一个不用上班，还有阿姨照顾的太太，日子过得好像很悠哉。事实上，那不过只是一个假象。

最初的舒适感很快就被适应掉了，无力的灼伤感，让我慌不择路。

喂奶，拍嗝，换尿布，出门晒太阳，再喂奶，拍嗝，换尿布……我每天都很忙，但我不知道，这样的日子怎么才能赋予价值？

院子里总有一堆无所事事的太太，可以聊长篇。可是那些不疼不痒只为了打发时间而说的话，既没营养也没有意义。

我们常吵架，为了吵架而吵架。只有剧烈的冲动，极度的疼痛，才更能让我有活着的真切感受。

人就是这样贱兮兮的动物，当钱不是问题的时候，一切都变成了问题。

夏天，我们去芬兰旅行。最后那天，我们在酒店餐厅里吃饭。记不得为什么，我们又开始冷言冷语。卢中瀚这一次一反常态地反击。

他说："自从我到了中国，变成了聋子加傻子，工作如蜗牛一样推进。去中国，是为了让你可以回到自己的国家；可以不需要工作，专心享受做妈妈的感觉；我不需要你谢我，可如果我的牺牲把你变成了一个绝望的怨妇，我的牺牲还有什么意义？"

我狂怒，这个男人怎么能自私到这种地步？这一年，我已经把自己整个人都压碎了，为了这个家，为了支持他，他居然还在跟我讨论他的牺牲？我呢？我的牺牲在哪里？

那是我们第一次冷静地讨论分开。因为我们突然发现，对方都已经完全变成一种陌生的样子，无法妥协，更无法接受。

我的心软得犹如一团腐肉，眼睁睁地看着刀子在来回切割，流出黑红色的陈血。

他气呼呼地离开餐厅，不知去向。我抹着眼泪签单，抱着已经睡着的思迪回到房间。赫尔辛基的夏天几乎没有黑夜，我一直坐在浴室里，看着外面似黑似蓝的天际线。

卢中瀚到了快天亮才回来，我们不言不语地收拾东西。上了飞机才想起来，思迪喜欢的一只毛绒兔子丢在酒店的婴儿床里了，这是卢中瀚收拾行李的极为罕见的败笔。

假期结束，回到国内，通过朋友推荐，我得到在法国学校教中文的工作，兼职。

我遇到了一位让我非常敬重的校长，开课之前，他说："我知道你不是专业老师，但我是。既然我决定聘用你，我就相信你。"

我翻出当年上班时穿的衣服，剪了头发，戴珍珠耳环，化着淡妆，"脱胎换骨"地去上课。孩子都还是院子里的孩子，但是再见到我已经不同，会搜肠刮肚地给我说句中文，或者老远跑过来，就是为了打个招呼。

虽然我教中文的收入连我家阿姨的工资都付不起，但这是根救命的稻草，把我从没有价值感的旋涡里拯救出来。

因为要教课，要备课，我开始组织和安排自己的时间，而不是随心而欲。当我开始以效率作为标准来安排时间之后，我发现，原来我完全可以做更多的事情。

在学校教中文之余，我开始教其他几个太太中文，开始画油画，还去青岛拿回了十几年都没有碰过的电动缝纫机，给思迪做衣服。

女人是一个家的灵魂。没有女人的宫殿，只是空洞的房子，有了女人的茅屋，就可以是个温暖的家园。一个女人的幸福程度，决定了家中的温度。

因为我变了，家里的气氛也平静了下来，我们渡过了危机。再后来，我们有了第二个孩子，搬到了上海。

我不再教书，但是我保持了自己的节奏。再忙再累，我每天都要做一点和日常生活无关，但是让自己觉得有价值的事情。

很偶然，我在大众点评网上写了点评。我写了几个点评之后，居然收到了陌生人点赞的鲜花。然后我写了一篇很短、连 1000 字都不到的文章，被管理员加精，并推荐至首页。真的是柳暗花明，这居然是我写文章的起点。

从那开始，我一路写下来，今天有 3 个兼职助理、一个商务经纪人和几十万的粉丝，没有具体计算过，但是几百万或者上千万的阅读量，妥妥地有。而我申请公众号的时候，压根不知道什么叫作自媒体。

我不觉得我成功，更不觉得我厉害，每当别人叫我"老师"或者赞扬我的时候，我总是有一种不敢当的不自在。

现在有人问我的职业，我依然会说："我是全职妈妈。"看着日渐长大、仰着脖子噼里啪啦给我讲道理的孩子们，我总会觉得幸福得快要窒息了。

活在当下，我自己明白，今天和昨天的我，中间最大的区别是我的底气。因为我用自己的实力证明了自己的价值，我不再危机四伏地觉得，存在感扫地。

二胎政策放开之后，高学历高职称的全职妈妈越来越多，大家凑在一起，灰头土脸地难过。关键问题是没有价值感。

妈妈们最常用的就是把省下来的钱转化成自己的价值。阿姨的工资，兴趣班的学费，或者其他项目，算一算，自我安慰地说，每月不上班，我给家里省下了万把块。

可是这根本就是自暴自弃地误入歧途。因为我们不是阿姨，不是厨子，不是司机。做妈妈是一个选择，而不是一个折中的省钱办法。

还有一些妈妈的无力感来源于自己的胃口太大。有的人计划，边看孩子，边考会计师证、英文六级、心理咨询师，或者看完200本书……结果几年过去了，书变成了孩子的涂鸦本，落尘一片。

其实孩子们是长得很快的，孩子们百分百需要我们陪伴的时间是很短的。

也许第一年，妈妈真的需要做24小时待命的全职，但是从第二年开始，根据妈妈的意愿，就可以有固定的一点时间给自己。做一点和日常生活无关，但是与自己有关，让自己感到有价值的事情。譬如读书，写字，做运动……

要知道重要的不是某天我发奋狂学 10 小时，重要的是每天半小时，但是天天坚持。

另外最重要的是，家庭配合度。分配一项工作给那个缺失的爸爸。这是一个家，每个人都有责任和义务。周末让爸爸陪着孩子，我们可以和闺密们去做个 SPA 或者听个讲座。

在大多数情况下，比起不情愿的爸爸，更多是因为妈妈本身的不放手，觉得这个男人看不了孩子，或者觉得他赚钱赚得辛苦，我就不能做要求。

事实上，让爸爸介入家庭事务，就像小孩子过家家，他有了一个角色，有参与才有责任感，有义务才有接触。

彼此理解，才能彼此尊重地走下去。

当妈，对每个女人来说，都意味着翻天覆地的改变。每个做了妈妈的女人，都曾被过于繁重、复杂、没有任何自由支配时间、完全没有价值感的生活，碾压得面目非全。

可为什么一段沉寂之后，有人可以逆袭幸福，有人却变成了怨妇？

我认为，这中间最重要的是我们自己给自己定义的价值支点。

我不是一个女权主义者，我不认为女人一定要在经济上、地位上、能力上，都超过男人。我更不认为，女人一定要成为有底气对着男人颐指气使的女王，或者成为让男人不能自持、亲吻尘土的女神。

这辈子，我想做的就是一个女人，幸福，完整，从容，淡然。

我有我的优点，我也有我的缺陷。可是这又怎么样呢？我要做的是我自己，天下那么大，别人羡慕、嫉妒、讨厌还是不屑，跟我又有什么关系，我只是笑吟吟地活在自己的传奇里。

海明威说：优于别人并不高贵，真正的高贵是优于自己。

真正的赢家，就是把我们活成自己！

每一段婚姻，都有自己的曲折和欢喜

很多很多年前，我在里昂读书的时候，认识了一个日本女生，叫幸子。十一月的时候，幸子约我去喝新酒。里昂离勃艮第不远，每年新酒上市都是一件备受关注的事情。

我们在罗纳河边里昂旧城的一家小酒馆，挤在吧台的一个小角落里，空腹喝着新酒，鸡同鸭讲了一个晚上。

说鸡同鸭讲的原因是，我们的法语英语都很差劲，我不会讲日语，她不会讲中文，聊天内容主要靠猜。

幸子说，她想去一个叫作"莫奈花园"（Fondation Claude Monet）的地方，是莫奈的家，他在里面画了很多幅睡莲。

我问："在哪里？"

她说："在巴黎西边，不太远。想要六月去，虞美人还没有败，如果幸运，睡莲可能也开了一两朵了。"

她说这话的时候，我在心中写下："莫奈花园。"

又很多年过去，我读完了书，回到南法。

我认识了卢中瀚，但他在巴黎，我们见过一次，每晚通话两小时，关系还没有明确，靠自说自话的暧昧维系着。

关于婚姻，我们是这样说的：

"我还是很看重婚姻的。结婚，是不一样的约束和责任。"

"同意，老婆是个有门槛的名词，仅仅把东西搬到一起生活，怎么区分过客女友和自己的老婆？"

关于婚礼，我们是这样说的：

"虽然我不是教徒，但还是想去教堂，由上帝见证过，我才觉得是神圣的。"

"嗯，我同意。另外，一定要吃得好，有足够的酒，还有我喜欢的音乐。不要在花园里，我不喜欢蚊子。"

"是的，我也非常讨厌蚊子。"

关于孩子，我们是这样说的：

"我可不想等我 60 岁，还要半夜拿着棍子在花园里追打罗密欧；或者陪着儿子去踢足球。"

"我是独生女，我想要两个孩子，可以相互做伴，就算是吵架，他们也总有一个对手。"

"对啊，真的不能太晚生孩子！"

三观是一直很流行的一个词，可到底什么才是你的世界观？这问题估计能问倒一片。

三观一致对我来说，就是在漫漫深夜里，没有抓人魂魄的眼睛，没有手边的温热，没有荷尔蒙的沸腾，抱着电话字字句句，都是一拍即合的言语。

几个月后，公司让我去巴黎总部开会。

我临行前的晚上，边收拾东西边戴着耳机和卢中瀚通话，两个30多岁，伤痕累累，渴婚恨嫁的大龄青年，面对有可能来到的人生的转变，我们各自按压住自己跃跃欲试的心，屏住呼吸，硬撑着冷静应对。

我说："我在香榭丽舍大街开会，不会很晚。"

他说："我公司在城西边，过去要一点时间，不过我会早点出来。你想去哪里吃饭？"

我被闺密教育过：法国男人喜欢有主意的女人，问你什么千万别说"随便"。

为了方便我们选择在西边见。我想，La Défense（拉德芳斯）太商业化，凡尔赛太大众……一个久远的名字浮了出来，我说："我想去莫奈花园。"

这个男人宠辱不惊："好啊，我来安排。我们后天见。"

"我们后天见。"这是第一次，我们说了"我们"，我挂了电话满心欢喜。

如果事情总像预想的那么顺利，就会少了很多戏剧性的惊喜。

从第二天，卢先生就消失了，电话不接，短信不回。

闺密帮我用她的电话打，用隐藏电话号码打，用公共电话打，另一个闺密在德国出差，用德国酒店的电话打，都没人接。一副哥哥我不想玩了的无赖表现！

我整夜辗转，软弱得像是被剥了壳的软体动物，风吹过来，都被撞得生疼。

原来那个占据了我人生的人，可以说消失就消失，而他所有的人生观点，深夜里电话中传来的呼吸声，碰到耳朵有点点温热的痒和暖暖的心动，都不过是我这个 30 多岁恨嫁女人自嗨的幻境。

早上我黑眼圈差不多掉到腮帮子上了，闺密抱着我说："晚上早点回来，我给你做油面筋塞肉。上海背回来的面筋，最后一包了。"

她男朋友在旁边伸头说："好啊，我也早点回来。"

她推他一把："去赚钱，没钱连肉星子都没有啊！"

在单身狗的眼中，普天之下，莫非狗粮！我默默地喝完了咖啡，出了门。

开完会还不到下午 4 点，没有电话或者短信来。

我走在假日前一天的香街，人流如织，我觉得有东西不停地在撞我，半天才反应过来是手机振动。一个不认识的号码。我捂着耳朵大喊了半天，才听明白，居然是失踪的卢先生。

他说，昨天手机放办公室了，现在借了朋友电话打给我。他已经从办公室出来了，但是车出了点问题，现在要去换轮胎，问我能不能坐地铁到 Porte Maillot（马约门），他马上就来。

我听得云山雾罩，不知道该哭还是该笑，他说的话，明明就经不起推敲，前言不搭后语！

他连问几声："你能听得到吗？你还在听吗？"

我想了又想，长吸一口气说："好吧，我去等你。"

因为，我不甘心，我不相信那些深深浅浅的默契与认同，都是我的一厢情愿。

我坐地铁去了 Porte Maillot，站在 Avenue de la Grand Armée（军团大道）上等，又等了 40 分钟，他还是人影全无。

没生孩子之前，我穿 34 码的衣服，头发长长，眼睛大大，有穿着西装没有打领带的男人来问："能请你喝杯咖啡吗？"

我已经膨胀得像只气球，我想，5 点 30 分，他要是还没到，我就和下个来搭讪的男人去喝咖啡！

可 5 点 45 分，他还没有到，而老天却不肯再安排人来向我搭讪。

又等了一刻钟，一辆憨豆先生开的迷你老爷车开了过来，又旧又破，点点锈迹。

开车的正是卢中瀚，副驾驶座位上，居然摆了一个小型的行李袋。

他先开口："让你等这么久，真的对不起。我要换轮胎，但这个车太老了，我一个人换不了，我去了一个朋友家，我们换好轮胎。我都没来得及刮胡子，到酒店吃饭前就刮，你别介意。"

我冷汗直冒，加上他之前古怪的行为，我连忙去看他的行李袋，确认没有斧头一类的长东西突出来。

我定了定神问："为什么要去酒店？我们只是去吃个饭。"

卢先生有点吃惊地望了望我说："你不是说要去莫奈花园？莫奈花园离巴黎有 70 公里，我们约着晚上出发，我以为你的意思是，明天再回来。"

我也呆住了，我终于明白究竟什么叫作"无知者无畏"，因为我根本不知道莫奈花园在哪里！

我打电话给闺密，和外国人谈恋爱的好处是，可以当着他的面说中文。闺密查了下告诉我："莫奈花园是在一个叫作 Giverny（吉维尼）的村子里，至少 70 公里远。"

闺密让我把卢中瀚的法语全名，电话号码，生日还有车牌号码都告诉她。

还说："今晚，我都拿着电话，有问题，你只要说：'我不吃米饭。'我就报警。"

我本来想再跟她确认一下，暗语是我要吃米饭，还是不吃？她已经挂了电话。我们就这么去了 Giverny。卢先生定了一间很美的酒店，有开满了鲜花的庭院和白色大理石的雕塑，餐厅还有黑人大叔在表演。

我们在酒店的餐厅里吃饭，一直吃到打烊。他真的就是那个，在电话里陪我度过漫漫长夜的人，没有错。

走出餐厅，正好零点，公主变回灰姑娘的时刻，我收到闺密的短信："你还活着吗？"

我说："YES！YES!! YES!!!"

那天是 2006 年 5 月 24 日，转眼已经 12 年。

在接下来这些年，我用尽酷刑，审过他无数次："你为什么临阵失联 48 小时？你又为什么再出现？"

他每一次都含混不清地说："没有啊，哪有那么久，难道我不要上班？难道你没有把手机忘在办公室的时候吗？哦，对了，你不会。因为你没有办公室！再说，我们的 Mini 车，你也知道，老到那个样子，换个轮胎有多难……"

这个男人就是一只被捏着脖子灌大的填鸭，肥腻到什么程度，嘴巴都是硬的。

直到今年春节，我们在斐济，夕阳西下，阳光是剔透的金色。

我们看着孩子们在沙滩上玩，有风把我的头发吹到脸上，他帮我拢到耳朵后面，然后说：

"你知道吗？那天我开着车过来，在很远的地方就看到了你，你比你周围的所有东西和人都亮，站在夕阳里面，好像有一圈光环。"

我反问他："你到底为什么消失了48小时？"

他从后面抱住我，把脸埋在我的头发里面说："如果你知道，下一刻你的人生会改变，你会害怕吗？"

我问："那你为什么又来？"

他说："因为我知道我们会有今天。"

后记
活在自己的婚姻里，幸福给别人看

3年前，我长了一粒皮下囊肿。看过医生，医生说，只要没有很大变化，切不切掉没有太大关系。

有了尚方宝剑，虽然卢中瀚喋喋不休地催，我还是一直拖着。

9月，我感到囊肿长大了很多。可实在是太忙了，还是一直拖着。

在去旅行的前一天，收拾东西的晚上，我才发现囊肿居然已经变成鹌鹑蛋那么大，而且发红发热。我就这么坐着飞机，飞到了柬埔寨。

我不想让卢中瀚唠叨我，每天努力掩藏着我的肿块。

如果有一天你可以见到我的先生卢中瀚，第一面，你一定会觉得这是一个热心、细心、耐心、常常哈哈哈大笑、温和友善的人。

"人生若只如初见。"这只不过是一厢情愿。

学机械动力的理科生，研发精算工程师，加上他处女座极度追求完美的洁癖性格。我常常觉得我面对的不是一个人，而是一个人形的机器，极度精密。

235

对他而言，所有的拉链都是为了拉到头；所有布料质地的东西，都要叠成方块；做事情，完美的不应该仅仅是结果，每一步的过程都要无瑕。

在他那里，出厂的时候，"误差"没有作为选项放在列表里，所以无从选择。

当然，以上部分，是我的感觉。

他自己觉得，他不但对我绝对宽容，甚至接受了我的影响，不再对自己严苛要求。

平日一天中，我们相处的时间并不太长，倒也还基本能够各自克制，相安无事。

度假的时候，一天 24 小时无间隙地相处，我们常常针锋相对，拌嘴无极限。

总之箴言是："家不是讲理的地方，可以讲理的那个地方，叫人民法院。"

既然有家，总有摩擦。婚姻不止，吵架不息。

我们住在柬埔寨海边的酒店。餐厅就在细软的沙滩上。

早上起来吃早餐，这边卢中瀚埋怨我，又把房卡随手往包里一塞，没有放进侧包，并且拉上拉链。

那边，两个孩子一边一个噘着嘴耍赖皮，"我不要喝菠萝汁""这面包上有面包皮，我不吃皮"。

我摸着我疼痛的肿块，望着眼前人间天堂一样的碧海蓝天，暗暗蓄气。

幸福是一个冷漠古怪的动词。

所以，我们捧着心哭诉："那是我最幸福的时刻，只是当时并不觉得。"

所以，我们亮着眼睛憧憬："将来我一定会幸福。"

所以，我们找没人的地方，打开朋友圈，流着口水看别人正在进行的幸福。

感慨结束，转过眼睛，凝视自己。活在当下，尽是不如意。

当下幸福指数？

零。请问，可不可以填负数？

237

一周之后，我的肿块已经有一个土鸡蛋大小，而且顶部的皮肤受损，脓水已经开始外溢。孩子们先看到了，争先恐后地跑过去告诉爸爸这个惊人的秘密！

我们晚班飞机到暹粒，箱子扔到酒店，就去了医院。

医生说，已经到了不能通过吃药、等到了上海再处理的地步，必须立刻切开引流。

这是一个专门给外国人看病的医院，病人没几个，但是保险程序复杂，到了晚上 11 点，我们还等在医院里。

两个孩子没有吃晚餐，一人喝了两杯医院免费的热巧克力，吃了两片护士自己带的零食饼干。在医院大厅里疯跑结束后，在大厅的沙发前给医院擦地板。

我和卢中瀚针锋相对地讲着每一句话。就像战争进行到胶着状态，都已经忘记了为什么战斗，只是机械地重复，不置对方于死地不罢休。

我说："孩子们已经不可以再支撑下去了，你先领着孩子回酒店吧。"

说一遍，他好像没听见。

说两遍，他把头转过去了。

说第三遍，他态度烦躁地说："我没有聋。"

说第四遍，他提高了声音说："我和孩子都等在这里，不回酒店。"

我怒火难耐冲着他喊："你在等什么？等着签病危通知书吗？医生说了，无风险。"

他冷笑："医生也还说，这个东西不会变化呢。"

"你为什么没有任何信任感？你不肯相信医生，我们走，改机票回上海。"

"回上海？找那个说不用切的医生给你切？反正命不是他的。"

是医院的护士解救了我们。护士来叫我手术，一切就绪。

一个不算手术的微创手术。

等我出来，凌晨的医院大厅空无一人。思迪躺在沙发上，子觅趴在地上，都已经呼呼大睡。

卢中瀚满脸胡楂，端着冷掉的黑咖啡，呆呆地在看着柬埔寨语的韩剧。

我们把睡熟了的孩子抱到车上，孩子们号啕大哭。路上孩子又睡过去了，到酒店再抱再哭。

在接下来的几天，我每天傍晚都会坐着嘟嘟车，去医院换药。

从酒店到医院，十几分钟的路程。那是一条小路，路况极差。中间还有一段土路。

有一片积满了雨水的荒地。虽然是 10 月的雨季，可是每次走到这里，我都看得到一片晚霞。

暗金色的天空，裂开的是亮金色的斜阳，迎着玫瑰金的云彩，如剪影般零散的归鸟，美得如同一张明信片。

第四天的时候，我迎着晚霞，不知道为什么我一下子想到了，手术的晚上，卢中瀚对我凶声凶气地讲话，宁可让孩子们受罪也不肯留我自己在医院。

其实孩子们受的罪都是可以弥补的。

而对于我，他的那份坚持，那份担心，那份紧张，甚至他那份恐惧，清楚得不能再清楚地摆在我的面前，而我居然还烦，还恼，还硬着脖子和他吵架？

在暹粒金色的晚霞里，我被我蓦然捡回来的幸福，感动得一塌糊涂。

239

我心潮澎湃地回到酒店。时间已经有点晚了，卢中瀚带着孩子们，正在酒店大门口等我去市中心吃饭。

嘟嘟车把我们放在酒吧街口。热带城市的夜晚总是流光溢彩，热闹非凡。街上很乱，人流，音乐，嘟嘟车，摩托车，汽车，还有跑来跑去的狗和猫。

我们一人牵着一个孩子随着人流走，我几次想去牵他的手，都错开了。

终于在一个小型的十字路口，我牵住他了，温情脉脉地想告诉他，我终于明白了什么是坚守的幸福。

可我还没开口，他先说："你不觉得你把我们都困在路中间了吗？你什么时候才可以有一点安全意识？"

我的话卡在喉咙里，火被点着，转成吵架模式。

我甩开他的手，转头走到马路对面。卢中瀚找到一个他认为人身财产都相对安全的区域，停下来问我："你刚才想说什么？"

我摇头："记不得了。"

他不悦："你为什么总是心不在焉，说半句忘半句！"

我恼："爱一个人，就应该爱她的全部，你为什么总想改造我？"

"我只不过在陈述事实。你做得不对的地方，总要有人指正……"

好了，幸福时刻停止，我又被打回凡间。

我还是那个屡教不改的无脑人。

他还是那个绝对精密的机器人。

我们还是那对没有幸福指数的平凡夫妻，磕磕绊绊。

我觉得，幸福和婚姻的关系，有点像看婚纱照和拍婚纱照。

无论什么造型，无论什么场景，无论什么色调，婚纱照片里的婚姻，都幸福得完美无瑕。

拍婚纱照的时候，女生脸上噗噗掉下来的蜜粉，男士背后一长溜的夹子，旁边打光的小助理，外拍地上散落的垃圾和狗屎，也都是真真实实存在的东西。

婚姻的目的，本来不是让我们体验幸福。幸福不是一种感官快感反应，也不是一种随心而生、理所当然的感情。

幸福是根据我们的立场和角度，再经过大脑分析后得到的一种主观的断定。自己的人生，自己的幸福，决定人完全是自己！

婚姻更像一种游戏。"死生契阔，与子成说。执子之手，与子偕老。"

婚姻这个游戏的规则就是两股力量，找到平衡，持续存在，相携相伴，而且游戏规则是要按组参赛，不设单人项目。

那么在婚姻里面，永远到底有多远？

其实，就算天荒地老，顶多也不过几十年而已。

只要可以不松手地一直走下去，在别人眼中，我们总会变成伉俪情深、幸福美满的爱情传奇！

我的卢璐们

卢璐是个什么样的女子？我尝试着回答这个问题已经有十几年了，而我依然不能确定是否有了答案。不过，我可以把我想到的先分享给大家。

对通过这本书或者以往的文章认识她的人来说，卢璐是一个作者，她在用自己的作品，讲述她的感受，并且表达着在某个时刻迸发出的灵感。

从这里可以看出，卢璐有一个重要特质：她并不仅仅为自己而活，更是为了别人活着。

对于我，卢璐首先是我两个女儿的妈妈。我很幸运，她选择了我，作为她的孩子们的父亲！她是个体贴而又可爱的妻子，但实事求是地说，她的脾气并不怎么好。

我是一个与数据和技术为伍的工程师，能用文字把我认识的卢璐描述出来，并不容易。

首先，我要强调的是，我要写的并不是单一的卢璐，而是随着我们生活的不同时期的转变，她所展现出来的多个不同的层面，而我把这些称为我的"卢璐们"。

我们相遇之初，卢璐的生活井井有条。她有自己的朋友，自己的工作，法国南部的房子，一切看上去都不错，直到30岁来临。30岁对于走过的人，其实也没有什么，可是对于刚走进去的人，却是一种"灾难"。不过从某种角度讲，正是这种"灾难"，让我们走到了一起。

在那个时期，可以用"冒险家"来形容卢璐。如果当初没有她的坚韧，我们的恋情很可能没有开花就枯萎了。我曾经迷失了自己，是她找到了我，所以，我跟你们说，卢璐关心别人胜过关心自己。

我们用了很长的时间慢慢了解对方，从电子邮件到煲电话粥，几个小时一下子就聊完了，之后就是我们的初次见面……我就不讲故事了，也许有天她会讲，她讲得比我讲得有趣得多，我不想在这里毁了大家听故事的乐趣。

唯一重要的是，我第一次遇见她的那一天，时至今日我必须承认，那天在我的内心深处，就已经认定了她就是那个要与我共度此生的人。而我彼时并没有意识到这一点，且又非常怕承认这一点。但我无法欺骗自己，我的内心已然知道，就是她，没有丝毫怀疑！

随着时间的推移，我们的生活有了些变化，我住在巴黎，而她在南法，之后我又调动到西班牙工作。这时，我们的"冒险家"充分地体现出了她的冒险精神。卢璐向她的公司申请了调动，离开南法来到巴黎，仅仅为了每个月，有两个周末可以见到我！那个时候我就应该清楚地意识到，这个瘦小的女孩子，正在为我做着我想都不敢想的事，至少我应该开始意识到这个事实，就是从我们第一次见面开始，她就是那个我不知不觉中要等的却又不敢去找的人。

是的，我的意识觉醒了。

总结一下我们相遇的第一个阶段，她就是这样简简单单地，让我幸福着。

我生命里的第二个卢璐，是过了几年我才认识的，而让我认识这个新卢璐的不是别人，正是我们的大女儿。

我才发现这是一个非常不同的人，那么细心、温柔，同时充满了能量，我都快不认识她了。

已经为人父母的读者，一定明白我在说什么。对于其他人，总有一天，你做了父母，就会明白我的意思！

这个卢璐必须同时照顾新出生的女儿，接受生活方式的改变，放弃自己的工作，还要独自把家从法国搬到中国……在她做这些事情的时候，我已经被派往中国工作，这就是生活。

到中国以后，她表现出了巨大的耐心，不仅仅是对我们的女儿，对我也一样。因为面对新的工作，新的国家，新的爸爸的身份，我必须承认，我那时候没有帮上太多忙。

形容第二个卢璐最好的词，应该是"坚韧"，这个爱冒险，有时还有些淘气的年轻女孩子，摇身一变成了我们这个家的支柱。

之后，我们的生活到了让她怀疑人生的阶段。

那时候我的心思都在工作上，而我没有注意到她日渐加重的痛苦和迷失。她不再是女儿出生前那个活跃的年轻女孩子，她变成了母亲，一个和别人一样的妈妈。我并不是说当妈妈多么简单或者可以坐享清闲。突然之间，她看不到自己在生活中的价值了，一个严峻的问题摆在她眼前：我还有什么用？

第三阶段的她变得脆弱，易受伤害。你可能会说，这真是一个让人难过的时期，但就是在这个时期，诞生了下一个卢璐，那个我们今天所知的卢璐在困难中破茧而出。

第四个卢璐，为了重新找回自己，她开启了自己的"艺术家"模式。

她在不停地探索，努力地发掘着自己的才华。她起初教外国小孩子中文，后来教成人汉语，带学生考汉语语言考试，同时，她也在烹饪、绘画、阅读等等领域寻找着自己。她就这样，自己找回了一部分能量，之前对生活的怀疑被渴望生活的精彩所取代，她发现自己蕴藏着，连自己都难以置信的力量。

在这个时期，家里有两件大事发生：二女儿的降生和我们的再一次搬家。这次是搬去上海。我们的生活节奏变得更快了，她虽然还不是很清楚，自己到底能做什么，但是却下定了决心，要做点什么。

当我们终于把家安顿下来，我们还是面临着很大的压力，因为我们并不知道在中国还能待多久，这样我们很难计划 6 个月之后的事情。我们做着种种尝试，卢璐在空闲时间，也开始尝试写作，她的这个尝试，把我们带到了另一片天地。

第五个时期，也是"第五元素"。要知道，根据古希腊神话，风、火、水、土之外，第五元素才是未知神秘力量的所在。

卢璐，成为你们今天所认识的一个有才华，并且正在崭露头脚的作家。她每天百分之百地投入自己的事业。正是在这时，她找回了我所偏爱的她的重要特质之一，那就是她的存在先是为别人，为了你们所有人——她的读者，之后她才是为自己。

你们喜欢读她的文字，因为她一直是一个复杂的人，让人充满惊喜，而我们谁也不能完全理解她。

这个让我从遇到她那一刻起，就觉得非常幸福的女孩子，现在让我可以非常自豪地分享她的生活。而且，任何时候，她都是那个美丽可爱的母亲，她总会尽可能地花时间陪伴孩子们。

　　要形容今天的卢璐，一个正在"快乐绽放的女人"，应该是最好的表达……她要感谢她的工作，感谢她的才情，感谢读者的支持。为此，我感谢你们，因为没有你们，她不会是今天的她，如果没有今天的她，我也不会写这些字，把这些话讲给那个与我分享人生的人听。

　　感谢读到这里的每个人。

卢中瀚

2018 年春　于上海。

图书在版编目（CIP）数据

和谁走过万水千山 / 卢璐著 . — 长沙 : 湖南文艺
出版社 , 2018.7
ISBN 978-7-5404-8765-2

Ⅰ . ①和… Ⅱ . ①卢… Ⅲ . ①散文集—中国—当代
Ⅳ . ① I267

中国版本图书馆 CIP 数据核字（2018）第 125704 号

上架建议：文学·女性情感

HE SHEI ZOUGUO WANSHUI-QIANSHAN
和谁走过万水千山

作　　者：卢　璐
出 版 人：曾赛丰
责任编辑：薛　健　　刘诗哲
监　　制：蔡明菲　　邢越超
选题策划：汤曼莉
策划编辑：李彩萍
特约编辑：尹　晶
营销支持：张锦涵　　傅婷婷　　文刀刀
版式设计：利　锐
封面设计：尚燕平
内文排版：百朗文化
出版发行：湖南文艺出版社
　　　　　（长沙市雨花区东二环一段 508 号　邮编：410014）
网　　址：www.hnwy.net
印　　刷：天津宇达印务有限公司
经　　销：新华书店
开　　本：880mm×1270mm　1/32
字　　数：180 千字
印　　张：8
版　　次：2018 年 7 月第 1 版
印　　次：2018 年 7 月第 1 次印刷
书　　号：ISBN 978-7-5404-8765-2
定　　价：42.00 元

若有质量问题，请致电质量监督电话：010-59096394
团购电话：010-59320018